선생님과 함께 읽는 수난 이대

물음표로 찾아가는 한국단편소설 02

선생님과 함께 읽는
수난이대

전국국어교사모임 지음 ― 최민지 그림

Humanist

'물음표로 찾아가는 한국단편소설' 시리즈를 펴내며

문학 교육은 아이들이 꿈을 꾸게 하기 위해 필요합니다. 그러나 요즘의 문학 교육은 참고서와 문제집을 통해서만 이루어지고 있습니다. 그래서 문학 수업은 엉뚱한 상상도 발랄한 질문도 없는 밍밍하고 지루한 시간이 되어 버렸습니다. 상상의 여지가 사라지고 질문이 없는 수업은 아이들을 질리게 하고 문학을 말라 죽게 합니다. 그렇다면 어떻게 해야 문학 교육을 살릴 수 있을까요?

무엇보다 학생들이 스스로 생각을 열어 질문을 만들 수 있게 해야 합니다. 매우 상식적인 일이지만, 우리 교육 환경에서는 잘 이루어지기가 어렵습니다. 그래서 전국국어교사모임은 학생들이 스스로 생각을 열고 엉뚱한 상상과 발랄한 질문을 할 수 있는 마중물을 붓기로 했습니다. 이는 말라 버린 문학뿐 아니라 아이들의 메마른 마음에도 물을 붓는 일이 될 것입니다.

교과서에 실린 의미 있는 작품을 골랐습니다 중·고등학교 국어 교과서나 문학 교과서에 실린 단편소설 가운데 오랫동안 많은 사람들에게 널리 읽힌 작품을 골랐습니다. 교과서에 실렸다는 것은 중·고등학생들에게 유용한 작품이라는 것이고, 오래 널리 읽혔다는 것은 재미나 감동, 그리고 생각거리 면에서 어느 하나는 사람들의 마음에 들었음을 뜻하기 때문입니다.

전국의 학생들에게 물었습니다 전국에 있는 수많은 학생에게 소설을 읽혀 보고, 그들이 궁금해 하는 것을 모았습니다. 그리고 나서 의미 있는 질문거리들을 일정한 방식으로 배열했습니다.

현직 국어 선생님들이 물음에 답했습니다 전국의 국어 선생님 100여 분이 다양한 책과 논문을 살펴본 다음 질문에 대한 답을 했습니다. 이런 과정을 통해 보다 보편적인 작품의 의미에 접근하고자 했습니다.

교육 과정과의 연관성을 고려했습니다 수업 현장에서 또는 학생 스스로 이용할 수 있도록 했습니다. '깊게 읽기'에서는 인물, 사건, 배경, 주제 등 작품과 직접 관련되는 내용을 다루었으며, '넓게 읽기'에서는 작가, 시대상, 독자 이야기 등을 살펴볼 수 있도록 했습니다.

'물음표로 찾아가는 한국단편소설' 시리즈는 다양하고 깊이 있는 생각을 이끌어 낼 수 있는 소설 감상의 안내서 구실을 할 것입니다. 또한 작품에 대한 해석과 이해의 차원을 넘어서 문화적·사회적·역사적 정보를 폭넓고 다양하게 제시함으로써 문학 감상 능력을 향상시켜 줄 뿐만 아니라, 문학과 가까워질 수 있는 기회를 제공해 줄 것입니다.

전국국어교사모임

머리말

'쾌액―' 하는 소리와 함께 기차가 산모퉁이를 돌아 역에 도착합니다. 기차역에서 아들 진수를 기다리던 만도는 눈을 이리저리 굴리며 아들을 애타게 찾습니다.

전쟁터에 나갔던 진수가 살아 돌아온다는 기쁜 소식을 듣고 한달음에 기차역으로 달려온 만도입니다. 하지만 진수가 병원에서 나온다는 사실에 불안한 마음도 듭니다. 만도는 일제 강점기에 징용에 끌려갔다가 한쪽 팔을 잃었습니다. 그래서 진수도 혹시 온전하지 못한 몸으로 돌아오는 것은 아닌지 걱정스럽습니다.

"아부지!" 하고 부르는 소리에 뒤를 돌아본 만도는 깜짝 놀랍니다. 눈이 크게 떠지고 입이 딱 벌어지고 맙니다. 양쪽 겨드랑이에 지팡이를 끼고 한쪽 바짓가랑이가 바람에 펄럭거리는 채로 나타난 아들의 모습에 할 말을 잃은 것입니다.

진수는 어쩌다가 다리를 잃은 것일까요? 만도는 아들의 모습을 보고 어떤 말을 할까요? 그런 말을 한 까닭은 무엇일까요? 작가는 왜 아버지와 아들을 그런 비극적인 모습으로 만든 것일까요? 당시에는 만도나 진수 같은 사람들이 많았을까요? 만도와 진수는 앞으로 어떻게 살아갈까요? 이들에게 살아갈 희망은 있을까요? …… 질문이 꼬리에 꼬리를 뭅니다.

소설을 제대로 이해하려면 적절한 질문이 필요합니다. 무엇을 묻느

냐에 따라 소설은 독자에게 다양한 대답을 해 줍니다. 어떤 질문은 소설을 읽어 나가면서 자연스럽게 해결됩니다. 하지만 모두 그런 것은 아닙니다. 질문에 답하기 위해 인간의 심리에 대한 지식이 필요할 수도 있고, 시대와 역사에 대한 구체적인 정보가 필요한 경우도 있습니다.

  소설을 통해 답을 얻으려면 여러분은 우선 적절하고 다양한 질문을 생각해 내야 합니다. 올바른 답을 얻으려면 올바른 질문을 해야 합니다. 질문이 대답보다 중요하다는 뜻입니다. 제대로 된 질문을 한다면 여러분은 올바른 답을 들을 수 있습니다.

  문학은 인간의 삶을 비추는 거울이라고도 합니다. 소설에 대해 적절한 질문을 던질 수 있게 된다면, 더 나아가 여러분의 삶에 대해서도 질문을 던져 보기 바랍니다. 그 질문에 대한 답은 여러분의 삶을 통해 얻을 수 있을 것입니다.

강민철, 안충모, 유정화, 장준혁, 최인영

차례

'물음표로 찾아가는 한국단편소설' 시리즈를 펴내며   4
머리말   6

작품 읽기 〈수난 이대〉_하근찬   11

깊게 읽기 묻고 답하며 읽는 〈수난 이대〉

1_ 만도와 진수가 걸어온 길
만도는 왜 징용을 갔나요?   39
만도가 징용을 간 곳은 어디인가요?   43
절단 수술은 왜 하나요? 아프지 않나요?   48
한국 전쟁은 왜 일어났나요?   51
한국 전쟁은 어떻게 끝났나요?   55
진수는 전쟁터에서 어떤 일을 겪었나요?   60

2_ 고통과 절망의 길
만도는 왜 하필 고등어를 샀나요?   65
만도는 진수를 맞으러 가기 전에 왜 오줌을 누나요?   67
'기차역'과 '기차'는 어떤 의미가 있나요?   70

만도는 왜 진수에게 화를 냈나요? 73
만도가 술을 마신 까닭은 무엇인가요? 76

3_ 화해와 희망의 길
주막은 어떤 곳인가요? 81
만도와 진수가 걷는 길은 무엇을 상징하나요? 86
왜 나중에는 진수를 앞세워 함께 가나요? 90
외나무다리 건너에는 무엇이 있을까요? 94
왜 용머릿재가 만도와 진수를 내려다본다고 했나요? 100
만도는 왜 충격적인 일을 겪고도 긍정적인가요? 102

넓게 읽기 작품 밖 세상 들여다보기

작가 이야기 – 하근찬의 생애와 작품 연보, 작가 더 알아보기 108
시대 이야기 – 1940~1945년(일제 강점기), 1950~1953년(한국 전쟁) 114
엮어 읽기 – 역사, 장애, 그리고 길 118
다시 읽기 – 만도의 집은 어디일까요? 124
독자 이야기 – 엮어 쓰는 독후감 130

참고 문헌 135

작품 읽기

수난이대

하근찬

'아들이 돌아온다. 아들 진수가 살아서 돌아온다. 아무개는 전사했다는 통지가 왔고, 아무개 아무개는 죽었는지 살았는지 통 소식이 없는데, 우리 진수는 살아서 오늘 돌아오는 것이다.'

생각할수록 어깻바람이 날 일이었다. 그래 그런지 몰라도 박만도는 여느 때 같으면 아무래도 한두 군데 앉아 쉬어야 넘어설 수 있는 용머릿재를 단숨에 올라채고 만 것이다. 가슴이 펄럭거리고 허벅지가 뻐근했다. 그러나 그는 고갯마루에서도 좀 쉴 생각을 하지 않았다. 들 건너 멀리 바라보이는 정거장에서 연기가 물씬물씬 피어오르며 '삐익—' 하고 기적 소리가 들려왔기 때문이다. 아들이 타고 내려올 기차는 점심때가 가까워서야 도착한다는 것을 모르는 바 아니었다. 해가 이제 겨우 산등성이 위로 한 뼘가량 떠올랐으니, 오정이 될라면 아직 차례 멀은 것이다. 그러나 그는 공연히 마음이 바빴다.

'까짓것, 잠시 앉아 쉬면 뭐할 것이고.'

손가락으로 한쪽 콧구멍을 찍 누르면서 팽 하고 마른 코를 풀어 던졌다. 다른 쪽도 그렇게 했다. 그리고 휘청휘청 고갯길을 내려

가는 것이었다. 내리막은 오르막에 비하면 아무것도 아니었다. 대구 팔을 흔들라치면 절로 굴러 내려가는 것이다. 만도는 오른쪽 팔만을 앞뒤로 흔들고 있었다. 왼쪽 팔은 조끼 주머니에 아무렇게나 쑤셔 넣고 있는 것이다.

'삼대독자가 죽다니 말이 되나. 살아서 돌아와야 일이 옳고말고. 그런데 병원에서 나온다 하니 어디를 좀 다치기는 다친 모양이지만, 설마 나같이 이렇게사 되지 않았겠지.'

만도는 왼쪽 조끼 주머니에 꽂힌 소맷자락을 내려다보았다. 그 소맷자락 속에는 아무것도 들은 것이 없었다. 그저 소맷자락 그것뿐이 어깨 밑으로 덜렁 처져 있는 것이다. 그래서 노상 그쪽은 조끼 주머니 속에 꽂혀 있는 것이다.

'볼기짝이나 장딴지 같은 데를 총알이 약간 스쳐 갔을 따름이겠지. 나처럼 팔뚝 하나가 몽땅 달아날 지경이었다면 그 엄살스런 놈이 견디어 냈을 턱이 없고말고.'

슬며시 걱정이 되기도 하는 듯, 그는 속으로 이런 소리를 주워섬 겼다. 내리막길은 빨랐다. 벌써 고갯마루가 저만큼 높이 쳐다보이는 것이다. 산모퉁이를 돌아서면 이제 들판이었다. 내리막길을 쏘아 내려온 기운 그대로 만도는 들길을 잰걸음 쳐 나가다가 개천 둑에 이르러서야 걸음을 멈추었다.

외나무다리가 놓여 있는 조그마한 시냇물이었다. 한여름 장마철에는 들어설라치면 배꼽이 묻히는 수도 있었지마는, 요즈막엔 무릎이 잠길 듯 말 듯한 물인 것이다. 가을이 깊어지면서부터 물은 밑바닥이 환히 들여다보일 만큼 맑아져 갔다. 소리도 없이 미끄러져 내려가는 물을 가만히 내려다보고 있으면 절로 이뿌리가 시려 오는 것이다.

만도는 물기슭에 내려가서 쭈그리고 앉아 한 손으로 고의춤을 풀어 헤쳤다. 오줌을 지익— 갈기는 것이었다. 거울 면처럼 맑은 물 위에 오줌이 가서 부글부글 끓어오르며 뿌우연 거품을 이루니 여기저기서 물고기 떼가 모여들었다. 제법 엄지손가락만씩 한 피리도 여러 마리였다.

'한 바가치 잡아서 회 쳐 놓고 한 잔 쭈욱 들이켰으면……'

군침이 목구멍에서 꿀꺽하였다. 고기 떼를 향해서 마른 코를 팽팽 풀어 던지고, 그는 외나무다리를 조심히 딛는 것이었다.

얼마 길이가 되지 않는 다리였으나 아래로 몸을 내려다보면 제법 어찔하기도 했다. 그는 이 외나무다리를 퍽 조심하는 것이다. 언젠가 한번 읍에서 술이 꽤 되어 가지고 흥청거리며 돌아오다가 물에 굴러떨어진 일이 있었던 것이다. 지나치는 사람이 없었기에 망정이지 누가 보았더라면 큰 웃음거리가 될 뻔했었다. 발목 하나를 약간 접쳤을 뿐 크게 다친 데는 없었다. 이른 가을철이었기 때문에 옷을 벗어 둑에 늘어놓고 말릴 수는 있었으나 여간 창피스러운 것이 아니었다. 옷이 말짱 젖었다거나 옷이 마를 때까지 발가벗고 기다려야 한다거나 해서가 아니었다. 팔뚝 하나가 몽땅 잘라져 나간 숭한 몸뚱아리를 하늘 앞에 드러내 놓고 있어야 했기 때문이었다. 지나치는 사람이 있을라치면 하는 수 없이 물속으로 뛰어 들어가서 얼굴만 내놓고 앉아 있었다. 물이 선뜩해서 아래턱이 덜덜거렸으나 오그라 붙는 사타구니께를 한 손으로 꽉 움켜쥐고 버티는 수밖에 없었다.

"흐흐흐······."

그때 일을 생각하면 지금도 곧 웃음이 터져 나오는 것이다. 하늘로 쳐들린 콧구멍이 연신 벌름거렸다.

개천을 건너서 논두렁길을 한참 부지런히 걸어가노라면 읍으로 들어가는 한길이 나선다. 도로변에 먼지를 부옇게 덮어쓰고 도사리고 앉아 있는 초가집은 주막이었다. 만도가 읍내 나올 때마다 꼭 한 번씩 들르곤 하는 단골집인 것이다. 이 집 눈썹이 짙은 여편네와는 예사로 농을 주고받는 사이였다. 술방 문턱을 들어서며 만도가,

"서방님 들어가신다."

하면 여편네는,

"아이 문둥아, 어서 오느라."

하는 것이 인사처럼 되어 있었다. 만도는 여간 언짢은 일이 있어도

이 여편네의 궁둥이 곁에 가서 붙어 앉으면 속이 저절로 쑥 내려가는 것이었다.

　주막 앞을 지나치면서 만도는 술방 문을 열어 볼까 했으나 방문 앞에 신이 여러 켤레 널려 있고 방 안에서는 지금 웃음소리가 요란하기 때문에 돌아오는 길에 들르기로 하였다.

　신작로에 나서면 금시 읍이었다.
　만도는 읍 들머리에서 잠시 망설이다가 정거장 쪽과는 반대되는 방향으로 걸음을 놓았다. 장거리를 찾아가는 것이었다.
　'진수가 돌아오는데 고등어나 한 손 사 가지고 가야 될 거 아니가.' 싶어서였다. 장날은 아니었으나 고깃전에는 없는 고기가 없었다. 이것을 살까 하면 저것이 좋아 보이고, 그것을 사러 가면 또 그 옆엣 것이 먹음직해 보이는 것이었다. 한참 이리저리 서성거리다가 결국은 고등어 한 손이었다. 그것을 달랑달랑 들고 정거장을 향해 가는데 겨드랑 밑이 간질간질해 왔다. 그러나 한쪽밖에 없는 손에 고등어를 들었으니 참 딱했다. 어깻죽지를 연신 위아래로 움직거리는 수밖에 없었다.

　정거장 대합실에 들어선 만도는 먼저 벽에 걸린 시계부터 바라보았다. 두 시 이십 분이었다.
　'벌써 두 시 이십 분이라니. 내가 잘못 보나?'
　아무리 두 눈을 씻고 보아도 시계는 틀림없는 두 시 이십 분인 것이다. 한쪽 걸상에 가서 궁둥이를 붙이면서도 곧장 미심쩍어 했다.

'두 시 이십 분이라니. 그러면 벌써 점심때가 겨웠단 말이가?'

말도 아닌 것이다. 자세히 보니 시계는 유리가 깨어졌고, 먼지가 꺼떻게 앉아 있었다.

'그러면 그렇지.'

엉터리였다. 벌써 그렇게 되었을 리가 없는 것이다.

"여보이소. 지금 몇 싱교?"

맞은편에 앉은 양복쟁이한테 물어보았다.

"열 시 사십 분이요."

"예, 그렁교."

만도는 고개를 굽신하고는 두 눈을 연신 껌벅거렸다.

'열 시 사십 분이라. 보자, 그러면 아직도 한 시간이나 넘어 남았구나.'

그는 이제 안심이 되는 듯 "후유—" 하고 숨을 내쉬었다. 궐련을 한 개 빼 물고 불을 당겼다. 정거장 대합실에 와서 이렇게 도사리고 앉아 있노라면 만도는 곧장 생각히는 일이 한 가지 있었다. 그 일이 머리에 떠오르면 등골을 찬 기운이 쫙 스쳐 내려가는 것이다. 손가락이 시퍼렇게 굳어져서 마치 이끼 낀 나무토막 같은 팔뚝이 지금도 저만큼 눈앞에 보이는 듯하였다.

바로 이 정거장 마당에 백 명 남짓한 사람들이 모여 웅성거리고 있었다. 그중에는 만도도 섞여 있었다. 기차를 기다리고 있는 것이었으나 그들은 모두 자기네들이 어디로 가는 것인지 모르는 것이었다. 그저 차를 타라면 탈 사람들인 것이었다. 징용에 끌려 나가는 사람들이었다. 그러니까 지금으로부터 십이삼 년 옛날의 이야기인 것이다.

 북해도 탄광으로 갈 것이라는 사람도 있었고, 틀림없이 남양 군도로 간다는 사람도 있었다. 더러는 만주로 가면 좋겠다고 하는 것이었다. 만도는 북해도가 아니면 남양 군도일 것이고, 거기도 아니면 만주겠지 설마 저희들이 하늘 밖으로사 끌고 갈까 보냐고 아무렇지도 않은 듯이 그 들창코로 담배 연기를 푹푹 내뿜고 있었다. 그런데 마음이 좀 덜 좋은 것은 마누라가 저쪽 변소 모퉁이 사구라나무 밑에 우두커니 서서 한눈도 안 팔고 이쪽만을 바라보고 있는 때문이었다. 그래서 그는 주머니 속에 성냥을 두고도 옆엣 사람에게 불을 빌리자고 하며 슬며시 돌아서 버리곤 했었다. 홈으로 나가면서 뒤를 돌아보니 마누라는 울 밖에 서서 수건으로 코를 눌러 대고 있는 것이었다. 만도는 코허리가 찡했다. 기차가 꽥꽥 소리를 지르면서 덜커덩 하고 움직이기 시작했을 때는 정말 속이 덜 좋았다. 눈앞이 뿌우옇게 흐려지는 것을 어쩌지 못했다. 그러나 정거장이 가아맣게 멀어져 가고 차창 밖으로 새로운 풍경이 획획 날라들자 이제 아무렇지도 않아지는 것이었다. 오히려 기분이 유쾌해지는 듯하였다.

바다를 본 것도 처음이었고, 그처럼 큰 배에 몸을 실어 본 것은 더구나 처음이었다. 배 밑창에 엎드려서 꽥꽥 게워 내는 사람들이 많았으나 만도는 그저 골이 좀 띵했을 뿐 아무렇지도 않았다. 더러는 하루에 두 개씩 주는 뭉칫밥을 남기기도 했으나 그는 한꺼번에 하루 것을 뚝딱해도 시원찮았다. 모두들 내릴 준비를 하라는 명령이 내린 것은 사흘째 되는 날 황혼 때였다. 제가끔 봇짐을 챙기기에 바빴다. 만도는 호박 한 덩이만 한 보따리를 옆구리에 덜렁 찼다. 갑판 위에 올라가 보니 하늘은 활활 타오르고 있고, 바닷물은 불에 녹은 쇠처럼 벌겋게 우줄렁거리고 있었다. 지금 막 태양이 물 위로 뚜욱 떨어져 가는 것이었다. 햇덩어리가 어쩌면 그렇게 크고 붉은지, 정말 처음이었다. 그리고 바다 위에 주황빛으로 번쩍거리는 커다란 산이 둥둥 떠 있는 것이었다. 무시무시하도록 황홀한 광경에 일동은 딱 벌어진 입을 다물 줄을 몰랐다.

만도는 어깨마루를 버쩍 들어 올리면서 "히야—" 하고 고함을 질러 댔다. 그러나 그처럼 좋아할 건덕지는 못 되는 것이었다. 섬에서 그들을 기다리고 있는 것은 숨 막히는 더위와 강제 노동과 그리고 잠자리만씩이나 한 모기떼였던 것이다.

섬에다가 비행장을 닦는 것이었다. 모기에게 물려 혹이 된 곳을 벅벅 긁으며 비 오듯 쏟아지는 땀을 무릅쓰고 아침부터 해가 떨어질 때까지 산을 허물어 내고 흙을 나르고 하기란, 고향에서 농사일에 뼈가 굳어진 몸에도 이만저만한 고역이 아니었다. 물도 입에 맞지 않았고, 음식도 이내 변하곤 해서 도저히 견디어 낼 것 같지 않았다. 게다가 병까지 돌았다. 일을 하다가도 벌떡 자빠라지기가 예사였다.

그러나 만도는 아침저녁으로 약간씩 설사를 했을 뿐 넘어지지는 않았다. 물도 차츰 입에 맞아 갔고, 고된 일도 날이 감에 따라 몸에 배어 버리는 것이었다. 밤에 날개를 차며 몰려드는 모기떼만 아니면 그냥저냥 배겨 내겠는데, 정말 그놈의 모기들만은 질색이었다.

　사람의 일이란 무서운 것이었다. 그처럼 험난하던 산과 산 틈바구니에 비행장을 다듬어 내고야 말았던 것이다.

　그러나 일은 그것으로는 끝이 나는 것이 아니고, 오히려 더 벅찬 일이 닥치는 것이었다. 연합군의 비행기가 날아들면서부터 일은 밤중까지 계속되었다. 산허리에 굴을 파고들어 가는 것인데, 비행기를 집어넣을 굴이었던 것이다. 그리고 모든 시설을 다 굴속으로 옮겨야 했던 것이다.

　여기저기서 다이너마이트 튀는 소리가 산을 흔들어 댔다. '앵앵앵—' 하고 공습경보가 나면 일을 하던 손을 놓고 모두 굴 바닥에 납작납작 엎드려 있어야 했다. 비행기가 돌아갈 때까지 그러고 있는

것이었다. 어떤 때는 근 한 시간 가까이나 엎드려 있어야 하는 때도 있었는데, 차라리 그것이 얼마나 편한지 몰랐다. 그래서 더러는 공습이 있기를 은근히 기다리기도 하였다. 때로는 공습경보의 사이렌을 듣지 못하고 그냥 일을 계속 하는 수도 있었다. 그럴 때는 모두 큰 손해를 보았다고 야단들이었다. 어떻게 된 셈인지 사이렌이 미처 불기 전에 비행기가 산등성이를 넘어 달려드는 수도 있었다. 그럴 때는 정말 질겁을 하는 것이었다. 가장 많은 손해를 입는 것도 그런 경우였다. 만도가 한쪽 팔뚝을 잃어버린 것도 바로 그런 때의 일이었다.

여느 날과 다름없이 굴속에서 바위를 허물어 내고 있었다. 바위 틈서리에 구멍을 뚫어서 다이너마이트 장치를 하는 것이었다. 장치가 다 되면 모두 바깥으로 나가고 한 사람만 남아서 불을 당기는 것이다. 그리고 그것이 터지기 전에 얼른 밖으로 뛰어나와야 되었다.

만도가 불을 당기는 차례였다. 모두 바깥으로 나가 버린 다음 그는 성냥을 꺼내었다. 그런데 웬 영문인지 기분이 께름칙했다. 모기에게 물린 자리가 자꾸 쑥쑥 쑤시는 것이다. 걱죽걱죽 긁어 댔으나 도무지 시원한 맛이 없었다. 그는 이맛살을 찌푸리면서 성냥을 득 그었다. 그래 그런지 몰라도 불은 이내 픽 하고 꺼져 버렸다. 성냥 알맹이 네 개째에사 겨우 심지에 불이 당겨졌다.

심지에 불이 붙는 것을 보자 그는 얼른 몸을 굴 밖으로 날렸다. 바깥으로 막 나서려는 때였다. 산이 무너지는 듯한 소리와 함께 사나운 바람이 귓전을 후려갈기는 것이었다. 만도는 정신이 아찔하였다. 공습이었던 것이다. 산등성이를 넘어 달려든 비행기가 머리 위로 아슬아슬하게 지나가는 것이었다. 미처 정신을 차리기도 전에 또 한

대가 뒤따라 날아드는 것이 아닌가. 만도는 그만 넋을 잃고 굴 안으로 도로 달려 들어갔다. 달려 들어가서 굴 바닥에 아무렇게나 팍 엎드려져 버리고 말았다. 고 순간이었다. '쾅!' 굴 안이 미어지는 듯하면서 다이너마이트가 터졌다. 만도의 두 눈에서 불이 번쩍 났다.

만도가 어렴풋이 눈을 떠 보니 바로 거기 눈앞에 누구의 것인지 모를 팔뚝이 하나 놓여 있었다. 손가락이 시퍼렇게 굳어져서 마치 이끼 낀 나무토막처럼 보이는 것이었다. 만도는 그것이 자기의 어깨에 붙어 있던 것인 줄을 알자 그만 "으악!" 하고 정신을 잃어버렸다.

재차 눈을 떴을 때 그는 폭삭한 담요 속에 누워 있었고, 한쪽 어깻죽지가 못 견디게 쿡쿡 쑤셔 댔다. 절단 수술은 이미 끝난 뒤였다.

'쾌액—' 기차 소리였다. 멀리 산모퉁이를 돌아오는가 보았다. 만도는 앉았던 자리를 털고 벌떡 일어서며 옆에 놓아두었던 고등어를 집어 들었다. 기적 소리가 가까워질수록 그의 가슴은 울렁거렸다. 대합실 밖으로 뛰어나가 홈이 잘 보이는 울타리 쪽으로 가서 발돋움을 하였다. 째랑째랑 하고 종이 울자 한참 만에 차는 소리를 지르면서 달려들었다. 기관차의 옆구리에서는 김이 픽픽 풍겨 나왔다. 만도의 얼굴은 바짝 긴장되었다. 시꺼먼 열차 속에서 꾸역꾸역 사람들이 밀려 나왔다. 꽤 많은 손님이 쏟아져 내리는 것이었다.

만도의 두 눈은 곧장 이리저리 굴렀다. 그러나 아들의 모습은 쉽사리 눈에 띄지 않았다. 저쪽 출찰구로 밀려가는 사람의 물결 속에 두 개의 지팡이를 의지하고 절룩거리면서 걸어 나가는 상이군인이 있었으나 만도는 그 사람에게 주의를 기울이지는 않았다. 기차에서

　내릴 사람은 모두 내렸는가 보다. 이제 미처 차에 오르지 못한 사람들이 홈을 이리저리 서성거리고 있을 뿐인 것이다.
　'그놈이 거짓으로 편지를 띄웠을 리는 없을 건데……'
　그는 자꾸 가슴이 떨렸다.
　'이상한 일이다.'
하고 있을 때였다. 분명히 뒤에서,
　"아부지!"
부르는 소리가 들렸다. 만도는 깜짝 놀라며 얼른 뒤를 돌아보았다. 그 순간 만도의 두 눈은 무섭도록 크게 떠지고, 입은 딱 벌어졌다.

틀림없는 아들이었으나 옛날과 같은 진수는 아니었다. 양쪽 겨드랑이에 지팡이를 끼고 서 있는데, 스쳐 가는 바람결에 한쪽 바짓가랭이가 펄럭거리는 것이 아닌가.

만도는 눈앞이 노오래지는 것을 어쩌지 못했다. 한참 동안 그저 멍멍하기만 하다가 코허리가 쩽해지면서 두 눈에 뜨거운 기운이 핑 도는 것이었다. 그러나 그는 여느 때처럼 코를 팽팽 풀어 던지지는 않았다.

"에라이 이놈아!"

만도의 입술에서 모지게 튀어나온 첫마디였다. 떨리는 목소리였다. 고등어를 든 손이 불끈 주먹을 쥐고 있었다.

"이게 무슨 꼴이고, 이게."

"아부지!"

"이놈아, 이놈아!"

만도의 들창코가 크게 벌름하다가 훌쩍 물코를 들이마셨다. 진수의 얼굴에는 어느 결에 눈물이 꾀죄죄하게 흘러 있었다. 만도는 진수의 잘못이기나 한 듯 험한 얼굴로,

"가자, 어서."

무뚝뚝한 한마디를 던지고는 성큼성큼 앞장을 서 가는 것이었다. 진수는 입술에 내려와 묻는 짭짤한 것을 혀끝으로 날름 핥아 버리면서 절름절름 아버지의 뒤를 따랐다.

앞장서 가는 만도는 뒤따라오는 진수를 한 번도 돌아보지 않았다. 한눈을 파는 법도 없었다. 무겁디무거운 짐을 진 사람처럼 땅바닥을 응시하고, 이따금 끙끙거리면서 부지런히 걸어만 가는 것이었

다. 지팡이에 몸을 의지하고 걷는 진수가 성한 사람의, 게다가 부지런히 걷는 걸음을 당해 낼 수는 도저히 없었다. 한 걸음 두 걸음씩 뒤처지기 시작한 것이 그만, 작은 소리로 불러서는 들리지 않을 만큼 떨어져 버리고 말았다.

진수는 목구멍을 왈칵 넘어오려는 뜨거운 기운을 꾹 참노라고 어금니를 야물게 깨물어 보기도 하였다. 그리고 두 개의 지팡이와 한 개의 다리를 열심히 움직여 대는 것이었다.

앞서 간 만도는 주막집 앞에 이르자 비로소 한 번 뒤를 돌아보았다. 진수는 오다가 나무 밑에 서서 오줌을 누고 있었다. 지팡이는 땅바닥에 던져 놓고, 한쪽 손으로는 볼일을 보고 한쪽 손으로는 나무둥치를 감싸 안고 있는 모양이 을씨년스럽기 이를 데 없는 꼬락서니였다. 만도는 눈살을 찌푸리며 "으음—" 하고 신음 소리 비슷한 무거운 소리를 내었다. 그리고 술방 앞으로 가서 방문을 왈칵 잡아당겼다.

기역자판 안에 도사리고 앉아서 속옷을 뒤집어 까고 이를 잡고 있던 여편네가 "킥!" 하고 웃으며 후닥딱 옷섶을 여몄다.

그러나 만도는 웃지를 않았다. 방문턱을 넘어서며도 서방님 들어가신다는 소리를 지르지 않았다. 아마 이처럼 뚝뚝한 얼굴을 하고 이 술방에 들어서기란 처음일 것이다. 여편네가 멋도 모르고,

"오늘은 서방님 아닌가배."

하고 킬킬 웃었으나 만도는 "으음—" 또 무거운 신음 소리를 했을 뿐, 도시 기분을 내지 않았다. 기역자판 앞에 가서 쭈그리고 앉기가 바쁘게,

"빨리빨리."

재촉을 하였다.

"핫다나, 어지간히도 바쁜가배."

"빨리 곱빼기로 한 사발 달라니까구마."

"오늘은 와 이카노?"

여편네가 주는 술 사발을 받아 들며 만도는 "후유—" 하고 숨을 크게 내쉬었다. 그리고 입을 얼른 사발로 가져갔다. 꿀꿀꿀 잘도 넘어가는 것이다. 그 큰 사발을 단숨에 말려 버리고는 도로 여편네 눈앞으로 불쑥 내밀었다. 그렇게 거들빼기로 석 잔을 해치우고사 "으으윽—" 하고 게트림을 하였다. 여편네가 눈을 휘둥그레 가지고 혀를 내둘렀다.

빈속에 술을 그처럼 때려 마시고 보니 금세 눈두덩이 확확 달아오르고, 귀뿌리가 발갛게 익어 갔다. 술기가 얼큰하게 돌자 이제 좀 속이 풀리는 성싶어 방문을 열고 바깥을 내다보았다. 진수는 이마에 땀을 척척 흘리면서 다 와 가고 있었다.

"진수야!"

버럭 소리를 질렀다.

"이리 들어와 보래."

"……"

진수는 아무런 대꾸도 없이 어기적어기적 다가왔다. 다가와서 방문턱에 걸터앉으니까 여편네가 보고,

"방으로 좀 들어오이소."

하였다.

"여기 좋심더."

그는 수세미 같은 손수건으로 이마와 코언저리를 싹싹 닦아 냈다.

"마 아무 데서나 묵어라. 저— 국수 한 그릇 말아 주소."

"야."

"곱빼기로 잘 좀······. 참지름도 치소, 알았능교?"

"야아."

여편네는 코로 히죽 웃으면서, 만도의 옆구리를 살짝 꼬집고는 소쿠리에서 삶은 국수 두 뭉텡이를 집어 들었다.

진수가 국수를 훌훌 끌어 넣고 있을 때, 여편네는 만도의 귓전으로 얼굴을 갖다 댔다.

"아들이가?"

만도는 고개를 약간 앞뒤로 끄덕거렸을 뿐, 좋은 기색을 하지 않았다. 진수가 국물을 훌쩍 들이마시고 나자 만도는,

"한 그릇 더 묵을래?"

하였다.

"아니예."

"한 그릇 더 묵지 와."

"고만 묵을랍니더."

진수는 입술을 싹 닦으며 뿌시시 자리에서 일어났다.
 주막을 나선 그들 부자는 논두렁길로 접어들었다. 아까와 같이 만도가 앞장을 서는 것이 아니라 이번에는 진수를 앞세웠다. 지팡이를 짚고 찌긋둥찌긋둥 앞서 가는 아들의 뒷모습을 바라보며 팔뚝이 하나밖에 없는 아버지가 느릿느릿 따라가는 것이다. 손에 매달린 고등어가 대구 달랑달랑 춤을 추었다. 너무 급하게 들이마셔서 그런지 만도의 배 속에서는 우글우글 술이 끓고 다리가 휘청거렸다. 콧구멍으로 더운 숨을 훅훅 내불어 보니 정신이 아른해서 역시 좋았다.
 "진수야!"
 "예."
 "니 우야다가 그래 됐노?"
 "전쟁하다가 이래 안 댔심니꼬. 수류탄 쪼가리에 맞았심더."
 "응, 그래서?"
 "그래서 얼른 낫지 않고 막 썩어 들어가기 땜에 군의관이 짤라 버립띠더, 병원에서예. …… 아부지!"
 "와?"
 "이래 가지고 나 우째 살까 싶습니더."
 "우째 살긴 뭘 우째 살아? 목숨만 붙어 있으면 다 사는 기다. 그런 소리 하지 마라."
 "……."
 "나 봐라. 팔뚝이 하나 없어도 잘만 안 사나. 남 봄에 좀 덜 좋아서 그렇지, 살기사 왜 못 살아."

"차라리 아부지같이 팔이 하나 없는 편이 낫겠어예. 다리가 없어 놓으니 첫째 걸어 댕기기에 불편해서 똑 죽겠심더."

"야야, 안 그렇다. 걸어 댕기기만 하면 뭐하노, 손을 지대로 놀려야 일이 뜻대로 되지."

"그럴까예?"

"그렇다 니. 그러니까 집에 앉아서 할 일은 니가 하고, 나댕기메 할 일은 내가 하고 그라면 안 대겠나, 그제?"

"예."

진수는 아버지를 돌아보며 대답했다. 만도는 돌아보는 아들의 얼굴을 향해서 지긋이 웃어 주었다. 술을 마시고 나면 이내 오줌이 마려워지는 것이다. 만도는 길가에 아무 데나 쭈그리고 앉아서 고기 묶음을 입에 물려고 하였다.

그것을 본 진수는,

"아부지, 그 고등어 이리 주소."

하였다. 팔이 하나밖에 없는 몸으로 물건을 손에 든 채 소변을 볼 수는 없는 것이다. 아버지가 용변을 마칠 때까지 진수는 저만큼 떨어져 서서, 지팡이를 한쪽 손에 모아 쥐고 다른 손으로는 고등어를 들고 있었다. 볼일을 다 본 만도는 얼른 가서 아들의 손에서 고등어를 다시 받아 들었다.

개천 둑에 이르렀다. 외나무다리가 놓여 있는 시냇물인 것이다. 진수는 막 걱정이 되었다. 물은 그렇게 깊은 것 같지 않지만, 밑바닥이 모래흙이어서 지팡이를 짚고 건너기가 만만할 것 같지 않기 때문이었다. 외나무다리 위로는 도저히 건너갈 재주가 없고……

 진수는 하는 수 없이 둑에 퍼지고 앉아서 바짓가랭이를 걷어 올리기 시작했다. 만도는 잠시 멀뚱히 서서 아들의 하는 양을 내려다보고 있다가,
 "진수야, 그만두고 자아 업자."
하는 것이었다.
 "업고 건너면 일이 다 되는 거 아니가. 자아, 이거 받아라."
 고등어 묶음을 진수 앞으로 쑥 내밀었다.
 "……."
 진수는 퍽 난처해 하면서 못 이기는 듯이 그것을 받아 들었다. 만도는 등어리를 아들 앞에 갖다 대고 하나밖에 없는 팔을 뒤로 버쩍 내밀며,
 "자아, 어서!"
 진수는 지팡이와 고등어를 각각 한 손에 쥐고 아버지의 등어리로 가서 슬그머니 업혔다. 만도는 팔뚝을 뒤로 돌려서 아들의 하나뿐인 다리를 꼭 안았다. 그러고,
 "팔로 내 목을 감아야 될 끼다."
하는 것이었다. 진수는 무척 황송한 듯 한쪽 눈을 찍 감으면서 고등어와 지팡이를 든 두 팔로 아버지의 굵은 목줄기를 부둥켜안았

다. 만도는 아랫배에 힘을 주며 "끙!" 하고 일어났다. 아랫도리가 약간 후들거렸으나 걸어갈 만은 하였다. 외나무다리 위로 조심조심 발을 내디디며 만도는 속으로,

'인제 새파랗게 젊은 놈이 벌써 이게 무슨 꼴이고. 세상을 잘못 타고 나서 진수 니 신세도 참 똥이다 똥.'

이런 소리를 주워섬겼고, 아버지의 등에 업힌 진수는 곧장 미안스러운 얼굴을 하며,

"나꺼정 이렇게 되다니 아부지도 참 복도 더럽게 없지. 차라리 내가 죽어 버렸더라면 나았을 낀데……."

하고 중얼거렸다.

만도는 아직 술기가 약간 있었으나 용케 몸을 가누며 아들을 업고 외나무다리를 무사히 건너가는 것이었다. 눈앞에 우뚝 솟은 용머릿재가 이 광경을 가만히 내려다보고 있었다.

*《한국일보》 1957년 1월 1일자에 발표된 것을 바탕으로 함.

어휘풀이

거들빼기 연거푸, 거듭.
건덕지 내세울 만한 일의 내용이나 근거(=건더기).
게트림 거침없이 내뱉는 트림.
겹다 때가 지나거나 기울어서 늦다.
고역 몹시 힘들고 고되어 견디기 어려운 일.
고의춤 남자들이 여름에 입는 홑바지의 허리 부분을 접어서 여민 사이.
공습경보 적 항공기가 갑자기 충격이나 폭격을 해 왔을 때, 위험을 알리는 일.
궐련 얇은 종이로 가늘고 길게 말아 놓은 담배.
께름칙하다 마음에 걸려 언짢은 느낌이 있다.
노상 언제나 변함없이.
농 실없이 놀리거나 장난으로 하는 말(=농담).
대구(대고) 계속하여 자꾸.
대합실 공공시설에서 손님이 기다리며 머물 수 있도록 마련한 곳(=기다림 방).
도사리다 팔다리를 함께 모아 몸을 웅크리다.
들머리 들어가는 맨 첫머리.
들창코 코끝이 위로 들려서 콧구멍이 드러나 보이는 코.
뚝딱하다 일을 거침없이 손쉽게 해치우다.
뚝뚝하다 부드럽고 상냥한 면이 없어 정답지가 않다.
말짱 속속들이 모두.
문둥이 원래는 '나병 환자'를 일컫는 말이지만, 친한 사이에서 허물없이 상대방을 부르는 말로도 쓰임.
뭉칫밥 둥글게 뭉친 밥 덩이.
뭉텡이(뭉텅이) 한데 뭉치어 이룬 큰 덩이.
바가치 바가지
볼기짝 '볼기(뒤쪽 허리 아래, 허벅다리 위의 양쪽으로 살이 불룩한 부분)'를 낮잡아 이르는 말.
봇짐 등에 지기 위하여 물건을 보자기에 싸서 꾸린 짐.
사구라나무 벚나무.
상이군인 전투를 하다 다친 군인, 군대에서 일하다 다친 군인을 통틀어 이르는 말.
선뜩하다 갑자기 서늘한 느낌이 있다.
손 한 손에 잡을 만한 분량을 세는 단위. '고등어 한 손'은 고등어 큰 것과 작은 것을 합한 것을 가리킴.

신작로 자동차가 다닐 수 있을 만큼 넓게 새로 낸 길.

심지 불을 붙이기 위해 꼬아서 꽂은 실오라기나 헝겊.

아른하다 그런 것 같기도 하고 아닌 것 같기도 하여 어렴풋하다.

어깻바람 신이 나서 어깨가 으쓱거려지는 기운.

올라채다 재빨리 꼭대기에 오르다.

옷섶 저고리나 두루마기 따위를 여미려고 깃 아래쪽에 단 길쭉한 헝겊.

요즈막 바로 얼마 전부터 이제까지에 이르는 가까운 때.

용변 똥이나 오줌을 눔.

우줄렁거리다 큰 물체가 굼실거리며 자꾸 움직이다.

을씨년스럽다 보기에 퍽 스산하고 쓸쓸한 데가 있다.

장거리 시장에서 사야 할 물건.

잰걸음 보폭이 짧고 빠르게 걷는 걸음.

접치다(접질리다) 지나치게 접혀서 삐다.

주워섬기다 들은 대로 본 대로 이러저러한 말을 아무렇게나 늘어놓다.

질겁 뜻밖의 일에 자지러질 정도로 깜짝 놀람.

쪼가리 쪼개어진 조각.

출찰구 기차나 배를 타기 위해 표를 내고 나가거나 기차나 배에서 내린 손님이 표를 내고 나오는 곳.

통지 다른 곳에 있는 사람에게 알려서 알게 함.

틈서리 틈이 난 부분의 가장자리.

퍼지다 지치거나 힘이 없어 몸이 늘어지다.

폭삭하다 포근하고 폭신하다.

피리 강원도, 경기도, 충청남도 등에서 '피라미'를 뜻하는 말. 경상남도와 전라남도 등에서는 '송사리'를 뜻하는 말로 쓰임.

홈(플랫폼) 역에서 기차를 타고 내리는 곳.

황송하다 분에 넘쳐 고맙고도 미안하다.

흥청거리다 흥에 겨워서 마음껏 거들먹거리다.

깊게 읽기

묻고 답하며 읽는 〈수난 이대〉

○ 배경

○ 인물·사건

○ 작품

○ 주제

1_ 만도와 진수가 걸어온 길

만도는 왜 징용을 갔나요?
만도가 징용을 간 곳은 어디인가요?
절단 수술은 왜 하나요? 아프지 않나요?
한국 전쟁은 왜 일어났나요?
한국 전쟁은 어떻게 끝났나요?
진수는 전쟁터에서 어떤 일을 겪었나요?

2_ 고통과 절망의 길

만도는 왜 하필 고등어를 샀나요?
만도는 진수를 맞으러 가기 전에 왜 오줌을 누나요?
'기차역'과 '기차'는 어떤 의미가 있나요?
만도는 왜 진수에게 화를 냈나요?
만도가 술을 마신 까닭은 무엇인가요?

3_ 화해와 희망의 길

주막은 어떤 곳인가요?
만도와 진수가 걷는 길은 무엇을 상징하나요?
왜 나중에는 진수를 앞세워 함께 가나요?
외나무다리 건너에는 무엇이 있을까요?
왜 용머릿재가 만도와 진수를 내려다본다고 했나요?
만도는 왜 충격적인 일을 겪고도 긍정적인가요?

만도는 왜 징용을 갔나요?

그런데 마음이 좀 덜 좋은 것은 마누라가 저쪽 변소 모퉁이 사구라나무 밑에 우두커니 서서 한눈도 안 팔고 이쪽만을 바라보고 있는 때문이었다. 그래서 그는 주머니 속에 성냥을 두고도 옆엣 사람에게 불을 빌리자고 하며 슬며시 돌아서 버리곤 했었다. 홈으로 나가면서 뒤를 돌아보니 마누라는 울 밖에 서서 수건으로 코를 눌러 대고 있는 것이었다. 만도는 코허리가 찡했다. 기차가 꽥꽥 소리를 지르면서 덜커덩 하고 움직이기 시작했을 때는 정말 속이 덜 좋았다. 눈앞이 뿌우옇게 흐려지는 것을 어쩌지 못했다.

'징용'이라는 말을 들어 본 적이 있나요? 사람들을 강제로 불러 모아 일을 시키는 것을 '징용'이라고 해요. 징용은 나라에서 강제로 시키는 것이기 때문에 하기 싫어도 어쩔 수 없이 해야만 하죠.
　일제 강점기에 일본은 중국과 전쟁을 했어요. 그런데 이 전쟁이 길어지면서 일본은 노동력이 부족해져요. 그래서 우리나라 사람들을 강제로 끌고 가 일을 시켰답니다. 끌려간 사람들은 일본 정부나 기업이 운영하는 탄광, 토목 공사장, 군수 공장 같은 데서 매우 힘든 일을 했어요. 하지만 그들이 받는 돈은 턱없이 적었을 뿐 아니라 받은 돈

을 마음대로 쓸 수 있는 것도 아니었어요. 왜냐하면 강제로 저축을 하게 했으니까요. 저축한 돈이 아까워서라도 도망가지 못할 거라고 생각했던 거죠.

일본이 전쟁에 지자 징용에 끌려갔던 사람들은 돈도 못 받고 그냥 돌아와야 했어요. 그런 사람들이 20만 명이 넘는대요. 그러니 그들이 받지 못한 돈을 모두 합하면 엄청나겠죠? 한 신문 기사에 따르면, 일본이 지급하지 않은 돈이 2억 엔 정도라고 해요. 오늘날 가치로 따지면 3조 원쯤 되는 돈이죠.

그래서 징용 피해자와 그 유족들은 일본 기업에 징용 당시 받지 못한 돈을 달라고 요구했어요. 하지만 일본은 1965년에 맺어진 '한일 기본 조약(한일 협정)'을 들어 돈을 줄 의무가 없다고 말했어요. 그리고 종군 위안부 할머니들의 배상 요구도 들어주지 않았어요. 우리나라가 일제로부터 해방이 된 지 65년이 지났지만 아직도 해결하지 못한 문제들이 많이 있답니다.

만도라면 이러한 일본의 태도에 대해 어떤 반응을 보였을까요? 징용에 끌려가서 죽을 고생을 한 것은 물론이고, 한쪽 팔을 잃은 것에 대한 책임을 질 수 없다는 일본의 주장을 듣는다면……. 만도가 아무리 낙천적인 성격이라 하더라도 벌컥 화를 내지 않을까요? 마른 코를 팽 풀어 던지면서 말이죠.

중일 전쟁

1937년에 중국과 일본 사이에 벌어진 전쟁. 일본이 중국을 정복하려고 일으켰으나, 1945년에 일본이 연합국에 항복함으로써 끝이 났습니다.

징용에 끌려간 사람들

우리나라 기록(1942~1945년)
 - 사람 수 : 28만 5183명
 - 징용 당시 나이 : 22~45세
일본 기록(1938~1945년)
 - 사람 수 : 80만 명

'해결하지 못한 문제'에 대한 일본의 태도

한일 협정 가운데 '재산 및 청구권에 관한 문제의 해결 및 경제 협력에 관한 협정'이라는 게 있어요. 이 협정은 일본이 우리나라에 무상으로 3억 달러, 유상으로 2억 달러 등을 10년에 걸쳐 지원한다는 내용이에요. 일본은 이 협정을 맺으면서 이중적인 자세를 보였어요. 우리나라에는 이로써 전쟁 전의 역사를 청산하는 배상금의 성격임을 주장하였고, 대내적으로는 경제 협력의 일환이라는 입장을 취했죠. 그 결과 일본은 침략에 대한 사과와 배상 없이 청구권 문제를 매듭짓게 된 거예요. 오늘날까지도 일본은 이 협정을 근거로 일본군 위안부와 같은 개인적 피해에 대한 배상을 거부하고 있어요.

강제로 끌려간 여자들

일제는 남자들뿐만 아니라 여자들도 강제로 전쟁터에 끌고 가서 일을 시켰어요. 그렇게 끌려간 여자들을 '정신대'라고 했어요. 끌려갔던 여자들 가운데는 '종군 위안부'라는 이름으로 전쟁터에서 강제로 일본 군인들의 성 노예 노릇을 했던 사람들이 있어요. 그 숫자가 무려 8만~16만 명쯤 된다고 하네요. 그렇게 많은 여자들을 강제로 끌고 가서 성적으로 착취한 사례는 세계적으로 찾아볼 수 없어요.

일제는 1910년대부터 조선 여자들을 일본에 팔아넘기는 짓을 했어요. 처음에는 일본 공장에서 일하게 해 준다거나 군대에서 빨래만 하면 돈을 벌 수 있다는 말로 가난한 조선 여자들을 속여서 데리고 갔어요. 그러나 1941년 후반부터는 읍사무소나 면사무소나 주재소 같은 행정 기관에서 직접 나서서 모집을 했어요.

전쟁터로 끌려간 어린 여자들은 일본 군인들의 성적 노리개가 되었고, 치열한 전투가 벌어지는 전방 부대에서는 탄약 운반이나 환자를 간호하는 일까지 해야 했어요. 게다가 전투 중에 총에 맞아 죽는 경우도 많았어요. 더 놀라운 일은 일제가 전쟁에서 지고 후퇴할 때 종군 위안부들을 한곳에 모은 다음 총으로 쏘아 죽이기까지 했다는 거예요.

만도가 징용을 간 곳은 어디인가요?

북해도 탄광으로 갈 것이라는 사람도 있었고, 틀림없이 남양 군도로 간다는 사람도 있었다. 더러는 만주로 가면 좋겠다고 하는 것이었다. 만도는 북해도가 아니면 남양 군도일 것이고, 거기도 아니면 만주겠지 설마 저희들이 하늘 밖으로사 끌고 갈까 보냐고 아무렇지도 않은 듯이 그 들창코로 담배 연기를 푹푹 내뿜고 있었다.

만도가 기차역에서 진수를 기다리며 십여 년 전 자신이 징용에 끌려가던 일을 떠올리는 장면이에요. 우리는 이 장면에서 만도가 징용을 간 곳이 북해도나 남양 군도, 아니면 만주였을 거라고 짐작할 수 있어요. 그렇다면 소설 내용을 바탕으로 만도가 징용을 간 곳이 어디인지 한번 알아볼까요?

만주는 압록강 북쪽 땅이에요. 이곳은 먼 옛날에는 우리 민족이 세운 나라들이 다스렸던 곳이고, 그 뒤로는 중국이 지배한 곳이죠. 일제 강점기에는 일본이 이곳을 점령하고 '만주국'이라는 나라를 세웠어요. 일제는 우리나라 사람들을 강제로 이곳으로 데려가 일을 시켰지요. 그런데 소설을 보면 만도가 간 곳이 '섬'이라고 했어요. 그러니까 만주는 아니겠군요.

북해도(홋카이도)는 일본 가장 북쪽에 있는 섬이에요. 이곳에는 석탄을 비롯해 금, 은, 유황 같은 지하자원이 많죠. 그래서 북해도에 끌려간 사람들은 주로 탄광이나 제철소 같은 데서 일했어요. 하지만 북해도도 만도가 끌려간 곳은 아니에요. 왜냐하면 소설에서 "섬에서 그들을 기다리고 있는 것은 숨 막히는 더위와 강제 노동과 그리고 잠자리만씩이나 한 모기떼였던 것이다."라는 말이 나오는데, 북해도는 여름철에도 시원한 곳이거든요.

남양 군도는 어떨까요? '남양'은 '남태평양'을 줄인 말이고, '군도'는 '무리를 이루고 있는 크고 작은 섬들'이라는 뜻이에요. 19세기 말 이후 독일 영토였다가 제1차 세계 대전 이후에 일제가 다스린 곳이죠.

당시 남양 군도에 끌려간 우리나라 사람들은 5000명이 넘었어요. 그들은 주로 비행장 만드는 일과 사탕수수 기르는 일을 했죠. 그런데 1941년에 일제가 미국 하와이에 있는 진주만을 공격하면서 '태평양 전쟁'이 일어나요. 그러면서 남양 군도는 전쟁의 한복판에 있게 되죠. 미국의 공격으로 일본 함선이 침몰되고 전투기가 파괴되었으며 비행장도 폭격을 당했어요.

섬과 비행장, 그리고 폭격, 또 그곳은 열대 지방이라 무척 더우니까, 더위에 시달리며 잠자리만 한 모기들과 싸웠다던 만도의 회상과도 잘 맞아떨어지네요. 그러니까 만도가 징용을 간 곳은 바로 남양 군도입니다.

남양 군도로 징용 갔던 정상균 씨 인터뷰

남양 군도까지는 어떻게 가셨나요?

난 강원도 춘천시 남면 사람인데, 우리 남면에서는 여덟 명이 갔어요. 춘천 군청에 마흔한 명이 모여 간단하게 신체검사를 하고 하루를 잤지. 다음 날 서울로 이동해 또 하루를 자고, 그 뒷날 기차를 타고 부산으로 갔어요. 부산에 가니까 배에다 몰아넣고 다시 신체검사를 하더라고. 거기서 배를 타고 '도라꾸도(트럭 섬)'라는 데가 있는데, 거기 가는데 한 3~4일쯤 걸렸어요. 배에서 밥 췄어요. 근데 뱃멀미를 해서 밥도 잘 못 먹었어. 갈 때 어디 간다는 그런 얘기는 전혀 없었고.

남양 군도는 어떻던가요?

섬에 갔는데 날씨는 열대 지방이니까 덥고 그러는데, 거기서 비행장을 닦아요. 비행장 닦는 일을 하고 자갈 만드는 일, 자갈을 깨야 공그리(콘크리트)를 칠 거 아니에요?

하루에 몇 시간이나 일을 했나요?

여섯 시에 일어나고, 저녁에는 뭐 해가 져야 끝나는 거지 뭐. 식사는 특별한 게 없었어. 밥이지 뭐. 반찬은 뭐 그렇지 뭐. 사람이 몇천 명이나 되는데 반찬은 뭐 특별한 게 있어요? 그렇죠 뭐.

지내는 것은 어떻던가요?

거기서 막사를 지어 살았는데, 그냥 군 막사하고 똑같지. 거기에 몇백 명 넣는 거지. 모기장을 주고. 우리는 거기서 우물 안 고기지. 어디 거기서 바깥 얘기를 들어요? 못 듣지요.

도망한 사람은 없었나요?

도망은 어디로 가나요? 이 복판에서 어디로 가요. 도망을 가면 물속으로 들어가야지 어디로 가겠어요. 정말 갈 데가 어디 있어.

폭격이 많았지요?

아! 말도 못했죠. 그때 폭격 있고 그러니까, 그 나중에 가서는 결국은 우린 그저 우물에 갇힌 고기야. 뭐 어디 그 저 비행기가 와서 인자 자꾸 그러는 거예요. "너희는 갈 데도 없다. 가만있어라." 근데 정말 그랬어요. 전쟁 말기니까 포위당해서 갈 데가 없는 거지요. 방공호가 있었어요. 다친 사람도 있었고, 병에 걸리거나 죽는 사람들도 많았어요. 제일 많이 죽는 이유가 굶어 죽는 거지요. 결국은.

전투가 있었나요?

전쟁이야 있었지요. 근데 어딘지 누가 알아? 함포 사격하고 그러는데, 뭐 참 미국서 왔는지 영국서 왔는지 어디서 왔는지 누가 아나요. 비행기가 오면 여기서 포도 막 쏘는 거지요. 비행기 폭격은 많이 왔어요. 뭐 매일 오다시피 했는걸. 폭격이 오면 공습경보가 내리죠. 방공호에 들어가 있다가 해제경보 나면 거기서 나오고.

환자는 병원에 보내 주었나요?

병원이라고 할 게 뭐 있어요? 그때 거기서는 병에 대해서나 뭐 예방에 대해서는 크게 신경 쓸 수 없었어요. 그냥 병이나 나야 병원에 가는 거지요.

깊게 읽기

절단 수술은 왜 하나요?
아프지 않나요?

만도가 어렴풋이 눈을 떠 보니 바로 거기 눈앞에 누구의 것인지 모를 팔뚝이 하나 놓여 있었다. 손가락이 시퍼렇게 굳어져서 마치 이끼 낀 나무토막처럼 보이는 것이었다. 만도는 그것이 자기의 어깨에 붙어 있던 것인 줄을 알자 그만 "으악!" 하고 정신을 잃어버렸다.
재차 눈을 떴을 때는 그는 폭삭한 담요 속에 누워 있었고, 한쪽 어깨죽지가 못 견디게 쿡쿡 쑤셔 댔다. 절단 수술은 이미 끝난 뒤였다.

만도는 다이너마이트 폭발 때문에 팔을 잃은 뒤 절단 수술을 받게 돼요. 절단 수술을 하는 까닭은 팔이나 다리에 생긴 상처에 세균이 들어가는 것을 막기 위해서랍니다. 세균이 온몸에 퍼지면 죽을 수도 있으니까요.

그런데 절단 수술을 하고 나서 잘려 나간 팔이나 다리가 여전히 붙어 있는 느낌을 갖게 되는 경우가 있어요. 이것을 가리켜 '환상 사지', 줄여서 '환지'라고 해요. 환

지를 경험하는 사람들은 없어진 자신의 팔과 다리를 생생하게 느낀다고 하네요.

'환지'는 좀 이상한 느낌이기는 해도 고통스럽지는 않아요. 문제는 환지에서 '통증'을 느끼는 사람들이 있다는 거예요. 잘려 없어진 손가락에서 '후벼 파는' 고통을 느낀다는 사람도 있고, 없어진 자신의 팔을 무언가가 '갉아 먹는' 느낌이 든다는 사람도 있어요. 통증이 너무 심해서 자살을 생각하는 사람도 있다고 하네요. 이처럼 절단 수술을 받고 없어진 팔이나 다리에서 통증을 느끼는 증상을 '환지통'이라고 해요.

소설에는 팔을 잃은 만도와 다리를 잃은 진수가 나오지만, 환지통 얘기는 나오진 않아요. 하지만 만도가 환지통을 겪었을 수도 있어요. 왜냐하면 폭발 사고로 떨어져 나간 자신의 팔을 바로 눈앞에서 보고 큰 충격을 받았을 테니까요. 그리고 절단 수술을 받은 뒤에 욱신욱신 쑤시는 고통을 느끼는 장면도 나오잖아요. 그것이 수술 뒤에 느끼는 통증일 수도 있지만, 혹시 환지통은 아니었을까요?

'아름다운 철도원' 김행균 씨

김행균 씨는 2003년 7월 영등포역에서 어린이를 구한 뒤 선로에 떨어져 열차에 치였는데, 그 사고로 두 발목을 잘라 내는 수술을 받았어요. 일곱 번의 수술과 힘든 재활 치료를 거쳐 의족을 하고 다시 철도원으로 돌아왔는데, 이분도 '환지'를 경험했다고 해요. 발이 간지러워 없어진 발바닥을 긁으려고 한 적도 있고, 발이 있는 걸로 착각하여 의족을 하지 않은 채로 걸으려 하다가 허공을 밟고 넘어진 적도 여러 번 있었다고 하네요. 가끔은 없어진 발에서 찌릿찌릿한 느낌을 받았다고도 해요. 김행균 씨는 다리가 없다는 사실을 받아들이는 데 석 달이 걸렸대요. 두 다리가 없다는 사실을 자기 자신에게 계속해서 확인시키는 방법을 썼다고 해요. '내 다리는 이제 없다. 없다.' 이렇게 계속 반복을 한 거죠.

환지 그리고 환지통

'환지'나 '환지통'은 왜 생기나요?

예전엔 심리적 원인이라고 생각했어요. 없어진 팔과 다리가 다시 생기기를 간절히 바라는 마음 때문에 '환지'를 경험하게 된다는 것이죠. 하지만 연구 결과에 따르면, 환지나 환지통은 뇌의 작용 때문에 생기는 거라고 해요. 절단 수술을 받아도 원래 팔과 다리에 연결되어 있던 신경들이 살아 있는 경우가 있는데, 그럴 때 뇌는 그 신경과 연결되는 회로를 뇌 안에 만들게 돼요. 그렇게 만들어진 신경 회로에서 통증 신호를 내보내는 것이죠.

환지통은 어떤 때 일어나나요?

절단 수술을 받은 환자가 모두 환지통을 겪는 건 아니에요. 환지통은 절단 수술을 받기 전에 통증을 다음에 통증을 느낀 적이 있는 환자에게 일어난다고 해요. 절단 전후에 강한 통증을 느끼게 되면 뇌가 그 통증을 기억했다가 절단 수술 후에도 기억을 지속적으로 신경계로 내보내기 때문에 통증을 느끼게 되는 것이죠.

환지통은 어떻게 치료하나요?

'거울 요법'이라는 것이 있어요. 거울이나 가운데가 거울로 가로막혀 있는 상자를 이용하는 방법이죠. 거울에 멀쩡한 팔이나 다리를 비추거나 거울 상자의 한쪽 구멍에 온전한 팔이나 다리를 넣으면 그것이 거울에 비치어 없어진 반대쪽 팔이나 다리가 멀쩡하게 보이게 돼요. 이렇게 하면 통증이 줄어들게 된다고 해요.

한국 전쟁은 왜 일어났나요?

제2차 세계 대전 때 미국, 영국, 프랑스 등으로 이루어진 연합국은 일본이 항복하면 우리나라를 해방시키기로 뜻을 모아요. 그런데 그들은 우리나라가 아직 국가를 운영할 능력이 없다고 판단했죠. 그래서 해방이 되더라도 당분간은 미국과 소련이 대신 우리나라를 다스리는 '신탁 통치'를 하기로 결정했어요.

1945년 8월 15일에 일본이 패망했고 우리나라는 해방을 맞았어요. 그러자 미국과 소련은 계획한 대로 38도선을 경계로 남한에는 미국이, 북한에는 소련이 들어와 다스리기 시작했지요. 우리 국민들은 이를 반대했지만, 결정은 힘을 가진 사람들의 몫이었답니다.

신탁 통치는 우리 민족에게 큰 문제가 되었어요. 미국과 소련은 각각 그들의 성향에 맞는 지도자로 남과 북의 정부를 구성했어요. 그러다 보니 남과 북의 지도자들이 서로 다른 이념을 갖게 되었죠. 그래서 남쪽과 북쪽에서 살고 있던 사람들은 그들의 생각이나 성향과 상관없이 서로 대립하는 관계가 되어야만 했어요.

이런 대립 관계는 1948년 8월 15일 남한에서 이승만을 대통령으로 하는 대한민국 정부가, 같은 해 9월 9일 북한에서 김일성을 주석으로 하는 조선민주주의인민공화국이 세워지면서 더욱 심해져요.

이승만 대통령은 당시의 분단 상황을 '무력 북진 통일'로 극복하겠다고 말하곤 했어요. 김일성은 이승만 정부를 미국의 앞잡이, 반민족 세력이라고 비난하고 '남조선 인민 해방'을 부르짖으며 전쟁을 준비했죠. 게다가 미군과 소련군이 철수한 1949년 이후로는 38도선 주변에서 남한군과 북한군 사이에 크고 작은 전투가 벌어지고 있었어요.

이런 대립이 결국에는 1950년 6월 25일 새벽 4시, 북한의 기습 남침으로 폭발하고야 말죠. 하필 그날은 일요일이라 휴가 나간 군인들이 많았어요. 그래서 우리 군의 전력이 약해진 상황이었죠. 게다가 소련제 T-34 탱크는 너무나 강력했어요. 우리 군대가 가지고 있던 소총과 수류탄, 화력이 약한 박격포와 로켓포 정도로는 끄떡도 안 했을 뿐 아니라 화력도 엄청났어요. 탱크가 불꽃을 뿜을 때마다 국군이 사정없이 죽어 나갔죠. 그러니 당해 낼 방법이 없었던 거예요.

전쟁 전에 이승만 대통령은 우리 전투력만으로도 북한군을 이길 수 있다고 큰소리쳤어요. 그런데 전쟁이 시작되고 나서 다섯 시간 만에 개성을, 그리고 다음 날에는 의정부를 빼앗기고 말죠. 그런데도 언론에서는 국군이 북한군을 격퇴하고 북한 지역인 해주로 진격 중이라는 거짓 방송을 했어요. 서울 시민들은 이를 믿고 피란을 가지 않았어요. 그러다가 서울을 향해 진격 중인 북한군을 보고 놀라서 남쪽으로 피란을 가기 시작했답니다.

단장의 미아리고개

당시 아내는 미처 서울을 못 빠져나왔지만 피란민들이 마산까지 내려오고 대단했어요. …… 9·28 (서울) 수복이 돼서 서울에 올라와 집사람 얘기를 들어 보니, 다섯 살짜리 어린 딸 수라를 업고 화약이 터지는 미아리고개를 넘던 중 어린 수라가 영양실조로 눈을 감았다는 거야. 어떡해, 애가 죽었으니 이불에 싸 가지고 호미로 땅을 파 묻었는데, 깊이 묻지도 못했겠지. 그 얘기를 아내에게 듣고 피를 토하는 심정으로 만든 노래가 〈단장의 미아리고개〉야. 6·25로 인해 어린 수라를 노래 하나와 바꾼 셈이지. 해마다 6·25만 되면 꼭 이 노래가 방송에서 나오곤 하는데, 들을 때마다 심장이 찢어져요.

— 반야월, 《한국 전쟁과 대중가요, 기록과 증언》

여러분은 잘 모르겠지만, 여러분 부모님은 한 번쯤 들어 보았을 대중가요 〈단장의 미아리고개〉의 작사가 반야월 선생님의 사연이에요. 반 선생님은 일 때문에 지방에 있다가 전쟁을 맞으셨지만 반 선생님의 부인은 서울에 있다가 전란을 당하셨어요. 내려오는 북한군을 피하기 위해 급하게 집을 빠져나오다 보니 먹을 것도 입을 것도 준비를 할 수가 없었겠죠. 게다가 그 먼 길을 걸어서 피란을 해야 했을 테니 그 고생은 이루 말할 수 없었을 거예요. 배고파 하는 다섯 살배기 딸을 업었다 걸렸다 하며 간신히 미아리고개까지 왔지만 북한군의 속도가 더 빨랐던 거예요.

북한군의 진군을 막으려는 국군의 필사적인 저항 때문에 전투가 격렬해져요. 포탄이 여기저기서 날아들어요. 귀를 찢을 것 같은 포탄 소리가 나더니 파편과 돌 들이 반 선생님의 부인과 딸 수라를 덮쳐요. 반 선생님의 부인은 딸을 감싸 안아요. 다행히 파편들이 비껴갔어요. 딸을 안은 채 좀 더 안전한 곳으로 가서 전투가 끝날 때까지 숨어요. 지금은 잠들어 있는 수라가 그때까지 깨지 않았으면 좋겠어요. 깨어나서 또 배고프다고 하면 난감하거든요. 어린 것이 벌써 며칠 굶어 기운이 없어요. 불쌍하지만 어쩔 도리가 없어요. 견디는 수밖에……

깊게 읽기

전투가 끝났나 봐요. 포탄 소리와 총소리가 멎었어요. 안고 있던 딸이 어디 다친 데는 없는지 살펴봐요. 그런데 움직임이 없어요. 숨도 쉬지 않아요. 정신 차리라고 흔들어 보지만 역시 꼼짝도 하지 않아요. 반 선생님의 부인은 수라를 안은 채 멍하니 움직이지 못해요.

그때 상황이 그려지나요? 반 선생님 부인의 심정이 어땠을지 이해가 되지요? 전쟁이 벌어지면, 군인들은 말할 것도 없고 평범한 국민들도 엄청난 고통을 겪어요. 한국 전쟁은 이렇게 많은 사람을 고통 속으로 빠뜨리며 시작되었어요.

한국 전쟁은 어떻게 끝났나요?

전쟁이 시작되고 나서 국군이 북한군에게 계속 밀리자 유엔은 우리나라를 도울 군대를 보내기로 합의해요. 이에 따라 미국, 영국, 호주 등 열여섯 개 나라에서 많은 지원군을 보내 줬어요. 그래서 북한군 수보다 많아지게 되었죠. 국군은 전쟁 시작 한 달여 만에 낙동강 유역 아래까지 밀렸지만 유엔군의 지원으로 전세를 뒤집을 기회가 생겼답니다.

북한군은 한 달 넘게 계속되던 낙동강 전투 때문에 지쳐 갔어요. 그래서 후방에 있던 병력을 낙동강으로 내려보내 빨리 전쟁을 끝내려고 했죠. 하지만 이 때문에 북한군 후방이 약해졌어요. 당시 유엔군 총사령관이었던 맥아더는 이 기회를 놓치지 않고 '인천 상륙 작전'을 펼쳐요. 이게 성공해서 북한군은 보급로가 끊기게 됩니다. 그래서 제대로 전투를 치를 수가 없게 되었어요. 그래서 항복하든가 지리산 등으로 숨어 들어갈 수밖에 없었죠.

전세를 뒤집은 국군과 유엔군은 전쟁 시작 3개월 만인 9월 28일에 서울을 되찾았어요. 그 흐름을 타서 계속 승전보를 보내 왔고, 결국 10월 19일에 북한의 심장부인 평양까지 무너뜨리게 되죠. 그리고 그로부터 일주일 뒤에는 중국과의 국경인 압록강에 태극기를 꽂아요.

'드디어 전쟁이 끝났구나.'라고 생각하기에 충분한 감격적인 순간이었어요.

그런데 뜻하지 않았던 일이 생겨요. 그때까지 팔짱 끼고 남 일 보듯 하던 중국이 45만 명이라는 병력을 투입하면서 전세가 역전되어 버리죠.

중국군은 병력만 많았던 게 아니었어요. 전술도 놀라웠죠. 중국군은 일부러 전투에서 밀리는 척하다가 후퇴를 해요. 그러면 유엔군이 후퇴하는 중국군을 쫓아가죠. 그런데 이미 다른 중국군이 길목에 숨어 있다가 유엔군이 지나갈 때 갑자기 들이닥쳐서 공격을 했어요. 그러면 유엔군은 손도 써 보지 못하고 당하고 말았어요. 그걸로 끝이 아니었어요. 힘없이 후퇴하는 유엔군을 기다리고 있던 또 다른 중국군이 인정사정 봐주지 않고 상대가 완전히 괴멸될 때까지 공격을 했어요.

유엔군은 이런 중국군의 전술을 '인해 전술'이라고 불렀어요. 이즈

음 유엔군에게 중국군은 '신비의 부대'가 돼 버렸어요. 중국군이 너무나 두려웠던 나머지 1951년 1월 4일에는 제대로 한번 싸워 보지도 못하고 서울을 다시 내주고 말아요.

하지만 중국군에게도 약점이 있었어요. 보급이 원활하지 못하다는 것이었죠. 그래서 중국군의 총공세는 일주일 이상 이어지지 못했어요. 이런 약점을 알아차린 유엔군은 적절한 시점에 총공격을 해요. 중국군은 온 힘을 다해 싸웠지만 결국 지고 말죠. 중국군의 전술과 약점을 모두 알아낸 유엔군은 중국군과의 전투에서 계속 이겨요. 그래서 1951년 3월 15일에 빼앗겼던 서울을 다시 찾는 데 성공하죠. 그리고 전쟁이 터지기 이전의 남한 국토를 모두 되찾아요.

그러나 유엔군은 더 이상 북쪽으로 올라가지 않았어요. 생각했던 것보다 훨씬 긴 전쟁을 하면서 유엔군이 입은 피해가 너무 컸기 때문이에요. 유엔군은 이쯤에서 전쟁을 끝내고 싶었어요.

전쟁을 끝내고 싶었던 것은 중국군도 마찬가지였어요. 그들 역시 엄청난 피해를 입은 데다가, 전투를 계속한다고 해서 유리할 것 같지도 않았기 때문이죠. 그래서 양측은 휴전 협상을 하게 됩니다.

1951년 7월 10일에 휴전 회담이 시작되자 사람들은 곧 전쟁이 끝날 거라고 생각했어요. 그러나 사람들의 기대와는 달리 만 2년이라는 시간을 끌면서 1953년 7월 27일에서야 전쟁이 끝났어요. 하지만 협상하는 동안 일어났던 수많은 전투에서 죽고 다친 사람들이 너무 많았어요.

전쟁은 결국 많은 피해를 내고도 어느 누구도 이기지 못했어요. 그래서 남북 관계만 놓고 보면 전쟁 이전의 상황과 그다지 달라진 것이 없었지요. 다만, 정치 지도자들의 욕망과 잘못된 판단 때문에 애꿎은 국민들만 고통을 겪는 것이 바로 전쟁의 실체라는 것을 확인시켜 주었을 뿐이었답니다.

한국 전쟁이 남긴 것

국군과 유엔군 인명 피해 : 77만 6000여 명
북한군과 중국군 인명 피해 : 약 200만 명
남한 민간인 사망자 : 약 100만 명
북한 민간인 사망자 : 약 150만 명
피란민 : 320만 명
전쟁 미망인 : 30만 명
전쟁고아 : 10만 명
재산 피해 : 320억 달러
그리고 수를 알 수 없는 이산가족들

대중가요로 보는 한국 전쟁

전우야 잘 자라

전우의 시체를 넘고 넘어 앞으로 앞으로
낙동강아 잘 있거라 우리는 전진한다
원한이야 피에 맺힌 적군을 무찌르고선
꽃잎처럼 떨어져 간 전우야 잘 자라
— 유호 작사, 박시춘 작곡, 현인 노래, 1950

'인천 상륙 작전'이 성공한 뒤, 이제 막 북쪽으로 밀고 올라가는 국군의 모습을 표현한 곡이에요. 수많은 전투에서 많은 전우를 잃었던 군인들을 위로했던 노래랍니다.

굳세어라 금순아

눈보라가 휘날리는 바람 찬 흥남 부두에
목을 놓아 불러 봤다 찾아를 봤다
금순아 어데로 가고 길을 잃고 헤매었더냐
피눈물을 흘리면서 일사 이후 나 홀로 왔다
— 강사랑 작사, 박시춘 작곡, 현인 노래, 1951

갑작스런 중국군의 참전으로 다시 후퇴의 길을 걸어야 했던 당시 노래예요. 함경남도 흥남에서 유엔군은 피란민들도 배에 태우고 후퇴했어요. 그런데 이 배를 얻어 타려던 피란민들이 무려 10만 명이나 되었다고 해요. 그런데 이 10만 명이 모두 배를 탈 수는 없었겠죠? 서로 배에 오르려고 아우성이었을 흥남 부두의 모습을 상상해 보세요. 나중에 이 노래는 전쟁 때문에 가족을 잃고 안타까워하는 이산가족들을 위로하는 노래가 되었어요.

진수는 전쟁터에서 어떤 일을 겪었나요?

"니 우야다가 그래 됐노?"
"전쟁하다가 이래 안 댔심니꼬. 수루탄 쪼가리에 맞았심더."
"웅, 그래서?"
"그래서 얼른 낫지 않고 막 썩어 들어가기 땜에, 군의관이 짤라 버립띠더, 병원에서예."

 만도의 말문을 막히게 하는 진수의 사연이에요. 기차역에서 주막에 이르기까지 긴 침묵 후에 오고 가는 짧은 대화인데, 그 속에 진수의 아픔과 만도의 안타까움이 묻어 있어 가슴이 먹먹해지네요.
 소설에는 진수가 전쟁터에서 겪은 이야기가 거의 나오지 않습니다. 진수가 털어놓은 짤막한 이야기에 어떤 사연이 숨어 있을지 한번 상상해 볼까요?
 전투기들이 마구 쏟아붓는 폭탄, 사방을 가득 메우는 대포와 기관총 소리, 가는 곳마다 널브러져 있는 주검들, 그 속에서 당장 죽을지도 모른다는 공포, 내가 살기 위해서는 남을 죽여야 하는 잔혹한 순간들의 연속…….

진수가 있던 전쟁터에도 총과 수류탄, 포탄에 맞아서 다친 군인들이 많았을 겁니다. 하지만 치료할 수 있는 약이나 시설이 턱없이 모자랐을 거예요. 그래서 날마다 부상자들이 고통 속에서 비명을 지르다가 죽어 갔겠죠. 진수도 제대로 치료를 받지 못해서 다리가 썩어 들어갔을 거예요. 그리고 마취도 하지 않고 제대로 된 수술 도구도 없이 비위생적으로 다리를 잘라 냈겠죠. 이렇게 진수는 죽음과도 같은 참혹한 현장을 겪어 내고, 또 부상자로서의 공포와 고통까지 겪어야 했습니다.

그뿐만이 아니에요. 진수가 집으로 돌아온 까닭은 전쟁에 더 이상 '쓸모가 없어졌기' 때문입니다. 마치 쓰다가 망가지면 버리는 소모품처럼, 국가로부터 버림을 받고 돌아온 진수는 아픔과 공포만 떠안게 되었겠죠. 세상과 이어 주는 구실을 하는 다리 한쪽을 잃어 삶의 기반마저 잃은 채 말이에요.

이제 진수가 전쟁터에서 겪은 숨은 사연을 조금씩 상상할 수 있겠죠? 전쟁의 회오리가 휩쓸고 간 상처는 정말 어마어마해요. 그리고 안타깝게도 진수처럼 전쟁터에서 상처를 입고 아픔을 겪은 군인들의 고통은 지금까지도 이어지고 있어요.

만도와 진수는 대화를 이어 가요. 아픔을 먼저 겪은 만도가 좌절하는 진수를 위로해 주며 희망을 찾는 것이죠. 이 소설은 아픔보다는 그것을 이겨 내는 희망을 이야기해요. 하지만 희망을 찾으려 한다는 것은 그렇게 하지 않으면 살아갈 수 없을 만큼 절절한 아픔을 겪었기 때문이 아닐까요?

"이래 가지고 나 우째 살까 싶습니더."
"우째 살긴 뭘 우째 살아? 목숨만 붙어 있으면 다 사는 기다. 그런 소리 하지 마라."
"그러니까 집에 앉아서 할 일은 니가 하고, 나댕기메 할 일은 내가 하고, 그라면 안 대겠나, 그제?"
"예."

 소설에는 서로 부수고 죽이는 전쟁의 생생한 현장이 그려져 있지는 않아요. 하지만 진수가 겪었을 전쟁의 아픔과 전쟁이 할퀴고 지나간 뒤의 참담함을 생각한다면, 왜 만도와 진수가 이렇게 희망을 이야기하고 싶어 하는지 가슴에 좀 더 깊이 와 닿을 거예요.

어머니께 보내는 학도병의 편지

1950년 8월 10일 목요일. 쾌청

어머니, 나는 사람을 죽였습니다. 그것도 돌담 하나를 사이에 두고…… 10여 명은 될 것입니다. 수류탄이라는 무서운 폭발 무기를 던져 일순간에 죽이고 말았습니다.

어머니, 적은 다리가 떨어져 나가고 팔이 떨어져 나갔습니다. 너무나 가혹한 죽음이었습니다. 아무리 적이지만 그들도 사람이라 생각하니, 더욱이 같은 언어와 같은 피를 나눈 동족이라고 생각하니 가슴이 답답하고 무겁습니다.

어머니, 전쟁은 왜 해야 하나요? 이 복잡하고 괴로운 심정을 어머님께 알려드려야 내 마음이 가라앉을 것 같습니다.

저는 무서운 생각이 듭니다. 지금 내 옆에는 수많은 학우들이 죽음을 기다리는 듯 적이 덤벼들 것을 기다리며 뜨거운 햇볕 아래 엎드려 있습니다.

적은 침묵을 지키고 있습니다. 언제 다시 덤벼들지 모릅니다. 적병은 너무나 많습니다. 우리는 겨우 일흔한 명입니다. 이제 어떻게 될 것인가를 생각하면 무섭습니다.

어머니, 어쩌면 제가 오늘 죽을지도 모릅니다. 저 많은 적들이 그냥 물러갈 것 같지는 않으니까요. 죽음이 무서운 게 아니라, 어머님도 형제들도 못 만난다고 생각하니 무서워지는 것입니다. 하지만 저는 살아서 가겠습니다. 꼭 살아서 가겠습니다.

어머니, 이제 겨우 마음이 안정이 되는군요. 저는 꼭 살아서 다시 어머님 곁으로 가겠습니다. 상추쌈이 먹고 싶습니다. 찬 옹달샘에서 이가 시리도록 차가운 냉수를 한없이 들이켜고 싶습니다.

아! 놈들이 다가오고 있습니다. 다시 또 쓰겠습니다.

어머니 안녕! 안녕! 아, 안녕은 아닙니다. 다시 쓸 테니까요……. 그럼.

— 국군 제3사단 소속 이우근 학도병의 수첩에 적힌 '어머니께 보내는 편지'

1950년 8월 포항 전투 후에 현장을 수습하러 갔던 어느 군인이 이 수첩을 발견했는데, 그때는 시신이 알아보기 힘들 정도로 훼손되어 있었다고 합니다.

만도는 왜 하필 고등어를 샀나요?

만도는 읍 들머리에서 잠시 망설이다가 정거장 쪽과는 반대되는 방향으로 걸음을 놓았다. 장거리를 찾아가는 것이었다.
'진수가 돌아오는데 고등어나 한 손 사 가지고 가야 될 거 아니가.'
싶어서였다.

전쟁터에 나갔던 아들이 살아 돌아온다는 소식을 들은 만도는 매우 기뻐합니다. 같은 동네에는 자식의 전사 통지서를 받은 사람도 있었거든요. 만도가 시장에 들러 고등어를 산 것은 그런 기쁨을 나타내는 것이라고 볼 수 있어요. 전쟁터에서 돌아온 아들을 맞이하는 아버지의 기쁨이 시장에서 산 고등어 꾸러미에 고스란히 담겨 있는 셈이죠.

그런데 만도는 시장에서 파는 많은 생선들 가운데 왜 고등어를 샀을까요?

일제 강점기가 끝나 갈 무렵, 일제는 전쟁에 쓸 석유가 부족해졌어요. 그래서 석유 대신 고등어를 짜서 나오는 기름을 쓰기도 했대요. 그 바람에 한때는 고등어가 매우 귀한 생선이었다고 하네요.

해방이 된 다음, 고등어가 다시 서민들 밥상에 등장해요. 하지만

 전쟁이 터지면서 물자 이동이 어려워져 고등어는 또 구하기 힘든 생선이 되고 맙니다. 그러다가 전쟁이 끝날 무렵에는 고등어가 많이 잡혔다고 해요. 전쟁 통에 고기를 잡지 못해서 그 수가 불어나는 바람에 여기저기에 고등어가 풍년이었대요. 하지만 그것도 바다 가까이에 있는 마을 이야기였어요. 그때도 여전히 물자 이동이 어려워 바다에서 먼 산골이나 내륙 지방에서는 고등어를 밥상에 올리기가 쉽지 않았을 거예요.
 만도가 살고 있는 마을은 바닷가에서 멀리 떨어진 곳이에요. 그러니까 고등어가 값싼 생선이 아니었겠죠. 아마도 만도는 전쟁터에서 살아 돌아온 진수에게 평소에는 밥상에 올리지 못했던 음식을 해 먹이고 싶었을 거예요. 그래서 고등어를 산 것이죠.

만도는 진수를 맞으러 가기 전에
왜 오줌을 누나요?

만도는 물기슭에 내려가서 쭈그리고 앉아 한 손으로 고의춤을 풀어 헤쳤다. 오줌을 지익— 갈기는 것이었다. 거울 면처럼 맑은 물 위에 오줌이 가서 부글부글 끓어오르며 뿌우연 거품을 이루니 여기저기서 물고기 떼가 모여들었다.

2010 남아공 월드컵 B조 예선 첫 경기였던 '대한민국 대 그리스' 전을 보았나요? 토요일 저녁에 치러진 경기라 가족들과 함께 본 친구들이 많았을 거예요. 2004년 유럽축구선수권대회에서 우승을 했던 그리스는 키가 큰 선수들이 많아 골대 앞으로 공을 띄우는 공격 방법에 매우 능숙했고, 수비도 좋은 팀이라 만만히 볼 수 없는 상대였죠. 만약 우리나라가 그리스에 진다면 16강 진출은 사실상 어려워질 것으로 예상되었기 때문에, 반드시 이겨야 하는 매우 중요한 경기였어요.

　경기 시작 직전, 선수들이 입장하고 국가가 연주될 때를 기억해 보세요. 여러분 마음은 어땠나요? 엄청 긴장이 되었을 거예요. 혹시 화장실에 다녀왔던 친구들은 없었나요?

　사람이 긴장을 하게 되면 생리적인 반응이 나타나요. 이를테면 체온이 올라가 땀이 나기도 하고, 호흡이 가빠지기도 하고, 심장 박동이

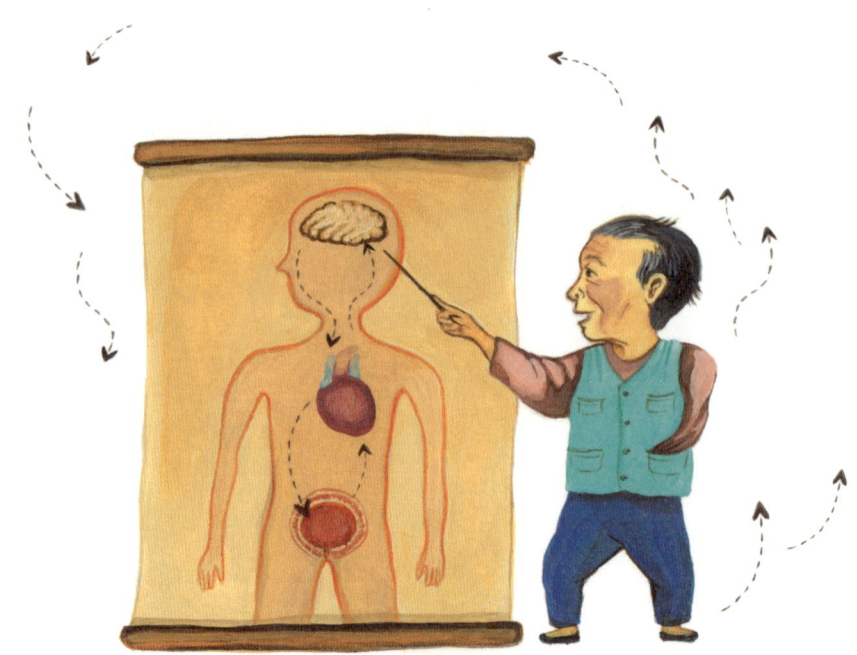

빨라지기도 해요. 심장 박동이 빨라지면 혈액 순환이 잘 되어 노폐물이 평소보다 잘 배출되죠. 그래서 오줌이 마려워지는 거예요.

만도는 진수를 마중하러 가다가 오줌을 눠요. 그냥 오줌이 마려워서일 수도 있겠지만, 혹시 만도가 긴장을 하고 있었던 건 아닐까요?

오줌을 누기 바로 전에 만도가 생각했던 것을 살펴보죠.

'삼대독자가 죽다니 말이 되나. 살아서 돌아와야 일이 옳고말고. 그런데 병원에서 나온다 하니 어디를 좀 다치기는 다친 모양이지만, 설마 나같이 이렇게사 되지 않았겠지.'

'볼기짝이나 장딴지 같은 데를 총알이 약간 스쳐 갔을 따름이겠지. 나

처럼 팔뚝 하나가 몽땅 달아날 지경이었다면 그 엄살스런 놈이 견디어 냈을 턱이 없고말고.'

이제는 만도가 무엇을 걱정하고 있는지, 무엇 때문에 긴장하고 있는지 보이나요?

만도가 긴장하고 있다는 것을 알 수 있는 것은 단지 오줌을 누기 때문만은 아니에요. 오줌에서 '뿌연 거품'이 일고 있기 때문에 더 그렇게 생각할 수 있어요. 의학적으로 볼 때, 오줌에서 거품이 일어나는 것은 신장 질환, 당뇨병, 스트레스 등과 관련이 있어요. 당뇨병은 스트레스와 관련된 만성적 질환이라고 하네요. 그러니 만도가 신장 질환이 아니라면, 긴장감 때문에 스트레스를 받고 있다고 생각할 수도 있을 것 같네요.

배설의 카타르시스를 담고 있는 작품

욕구를 해소하고 난 뒤 느끼는 시원한 감정을 '카타르시스'라고 해요.
김소진이 쓴 소설 〈자전거 도둑〉에는 혹부리 영감 때문에 아버지에게 따귀를 맞게 된 '나'가 나와요. '나'는 어떻게든 혹부리 영감에게 복수를 하려고 하죠. 그래서 한밤중에 혹부리 영감 가게에 들어가 물건들을 모두 못쓰게 만든 다음, 영감의 돈궤에다가 굵직한 똥을 질펀하게 싸요.
박완서의 소설 〈옥상의 민들레꽃〉에는 어린 꼬마인 '나'가 나와요. '나'는 반상회 자리에서 어른들도 알지 못하는 문제에 대한 답을 말해요. 매우 통쾌한 장면이지요. 그런데 '나'는 그 순간의 느낌을 "오줌을 쌀 것" 같다고 표현해요.
두 작품에 나오는 주인공의 말이나 행동은 참았던 무언가를 겉으로 드러내면서 느끼는 통쾌함, 즉 카타르시스를 나타내기 위한 장치예요.

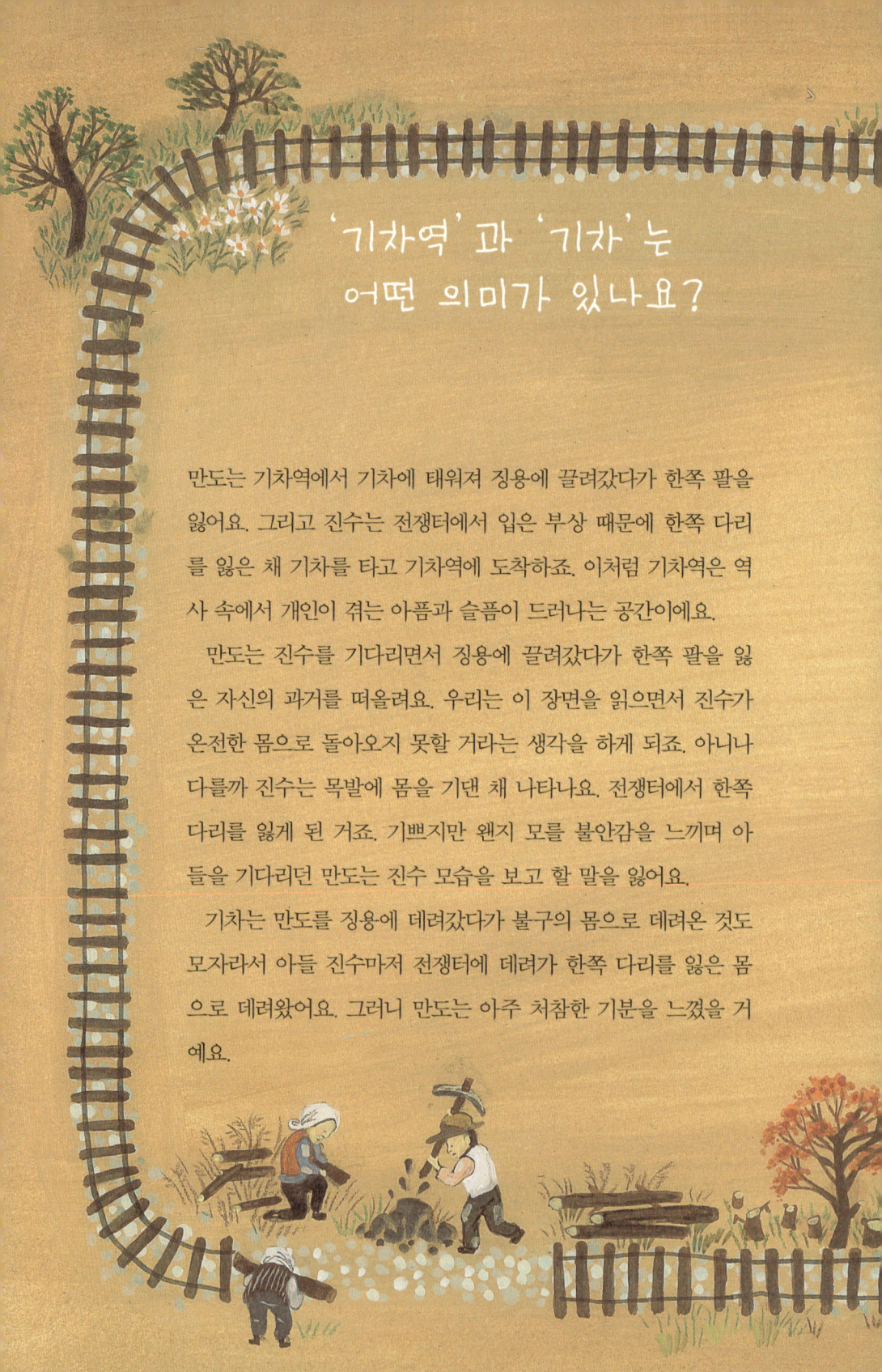

'기차역'과 '기차'는 어떤 의미가 있나요?

만도는 기차역에서 기차에 태워져 징용에 끌려갔다가 한쪽 팔을 잃어요. 그리고 진수는 전쟁터에서 입은 부상 때문에 한쪽 다리를 잃은 채 기차를 타고 기차역에 도착하죠. 이처럼 기차역은 역사 속에서 개인이 겪는 아픔과 슬픔이 드러나는 공간이에요.

만도는 진수를 기다리면서 징용에 끌려갔다가 한쪽 팔을 잃은 자신의 과거를 떠올려요. 우리는 이 장면을 읽으면서 진수가 온전한 몸으로 돌아오지 못할 거라는 생각을 하게 되죠. 아니나 다를까 진수는 목발에 몸을 기댄 채 나타나요. 전쟁터에서 한쪽 다리를 잃게 된 거죠. 기쁘지만 왠지 모를 불안감을 느끼며 아들을 기다리던 만도는 진수 모습을 보고 할 말을 잃어요.

기차는 만도를 징용에 데려갔다가 불구의 몸으로 데려온 것도 모자라서 아들 진수마저 전쟁터에 데려가 한쪽 다리를 잃은 몸으로 데려왔어요. 그러니 만도는 아주 처참한 기분을 느꼈을 거예요.

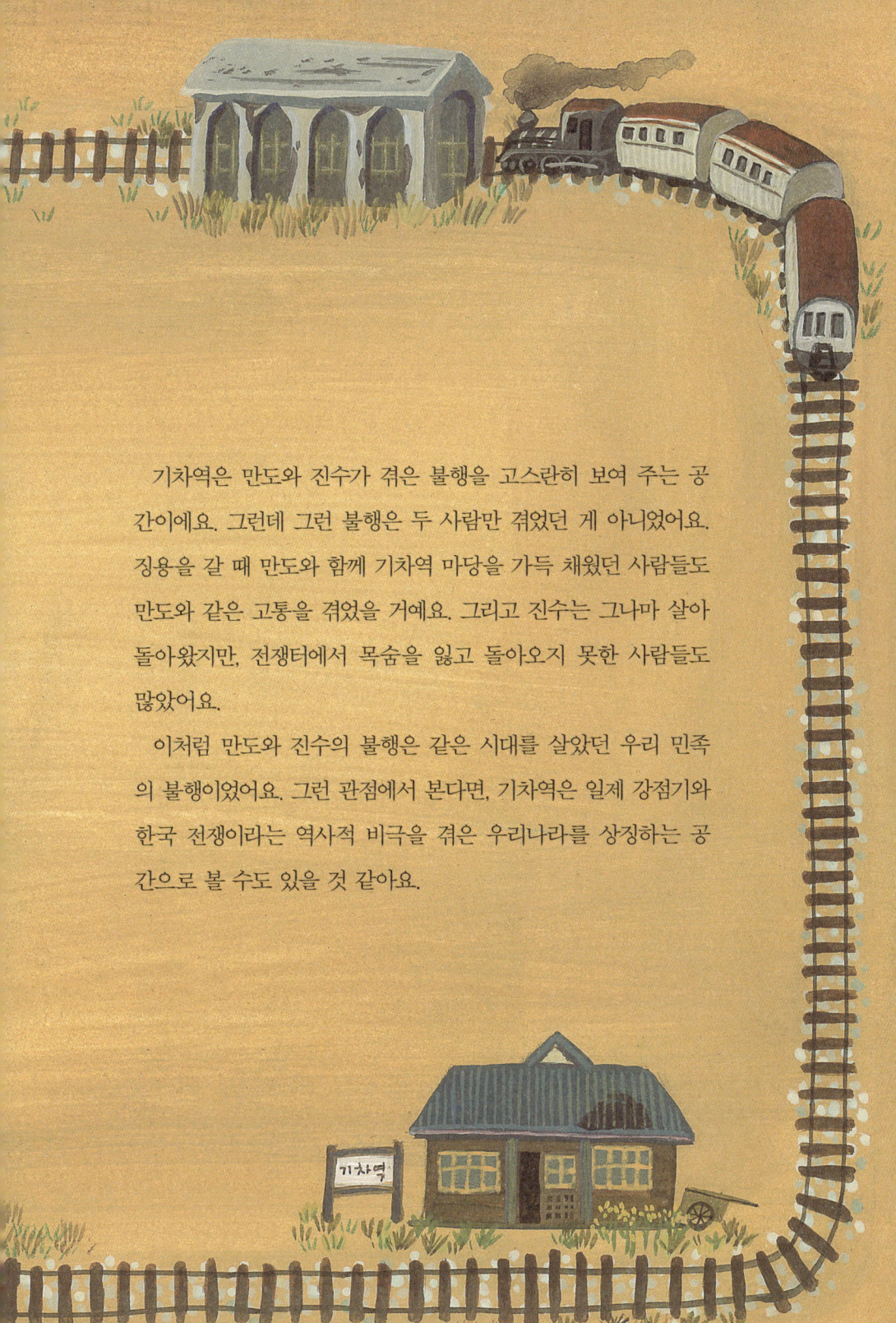

　기차역은 만도와 진수가 겪은 불행을 고스란히 보여 주는 공간이에요. 그런데 그런 불행은 두 사람만 겪었던 게 아니었어요. 징용을 갈 때 만도와 함께 기차역 마당을 가득 채웠던 사람들도 만도와 같은 고통을 겪었을 거예요. 그리고 진수는 그나마 살아 돌아왔지만, 전쟁터에서 목숨을 잃고 돌아오지 못한 사람들도 많았어요.

　이처럼 만도와 진수의 불행은 같은 시대를 살았던 우리 민족의 불행이었어요. 그런 관점에서 본다면, 기차역은 일제 강점기와 한국 전쟁이라는 역사적 비극을 겪은 우리나라를 상징하는 공간으로 볼 수도 있을 것 같아요.

철도의 비극적 역사

일본은 우리나라의 문명을 일으킨다는 구실로 철도를 만들었어요. 1899년 9월 18일에 개통한 경인철도를 비롯해, 인천과 서울을 잇는 경인선, 서울과 부산을 잇는 경부선, 서울과 의주를 잇는 경의선, 서울과 원산을 잇는 경원선, 대전과 목포를 잇는 호남선은 모두 일본이 만든 철도예요. 하지만 이 철도들은 거의 일본의 이익을 위해 쓰였어요.

일본은 철도를 건설하면서 공사 현장에서 가까운 곳에 사는 농민과 부녀자, 그리고 어린이들까지 보수도 주지 않고 데려다 일을 시켰어요. 그리고 농사짓던 땅도 빼앗아 갔죠. 당시 철도 공사를 명분으로 토지를 몰수당한 사람이 1만 명이 넘었다고 해요. 그뿐만이 아니에요. 철도가 들어서는 곳에서는 집이 부서지고, 묘지가 함부로 파헤쳐지고, 나무가 마구잡이로 베어졌으며, 채 여물지 않은 곡식이 일본군의 말 먹이로 쓰이기도 했어요. 이처럼 철도를 건설하는 과정에서 우리나라 사람들은 엄청난 고통을 겪었어요.

한마디로 철도는 일본이 우리나라를 식민지로 만들어 수탈하는 데 사용한 도구였어요. 일제 강점 상태에서 근대 문명을 받아들였던 우리나라 역사가 철도의 역사에 고스란히 묻어 있어요.

철도의 비극은 거기서 그치지 않았어요. 해방 직후인 1945년 9월 11일부터 남북 간 철도 운행이 중단돼요. 북한과 남한의 대립 때문에 철도가 38선에 가로막히고 만 거예요. 1950년 한국 전쟁 때 서울과 대동강 사이에 남북열차가 연결되었지만 기관차, 객차, 그리고 다리 등이 폭격으로 파괴되는 비극을 겪고 말아요. 그 뒤로 휴전선 철조망을 넘지 못한 채 오늘날에 이르고 있습니다.

경인철도에 처음 도입된 증기기관차 '모갈 1호'

만도는 왜 진수에게 화를 냈나요?

"이게 무슨 꼴이고, 이게."
"아부지!"
"이놈아, 이놈아!"
만도의 들창코가 크게 벌름하다가 훌쩍 물코를 들이마셨다. 진수의 얼굴에는 어느 결에 눈물이 꾀죄죄하게 흘러 있었다. 만도는 진수의 잘못이기나 한 듯 험한 얼굴로,
"가자, 어서."
무뚝뚝한 한마디를 던지고는 성큼성큼 앞장을 서 가는 것이었다.

만도가 왜 화를 냈는지 알아보기 위해 스트레스에 관한 이론 하나를 살펴보기로 해요.

> 어떤 '사건'이 하나 있다. 이 사건은 내가 어떤 의미를 두기 전에는 나에게 아무런 의미도 없다. 그런데 내가 이 '사건'은 절대로 일어나서는 안 된다고 '생각'하기 시작하면, 이 사건은 나에게 의미가 생긴다. 간절한 소망이 되고, 지나치면 집착이 되는 것이다. 그 순간부터 나는 긴장하게 되고 스트레스를 받게 된다.

우리가 긴장하고 스트레스를 받는 것은 어떤 '사건' 때문이 아니라 그런 사건이 일어나면 안 된다고 '생각'하기 때문이라는 겁니다. 그리고 우리를 화나게 하거나 좌절하게 만드는 것도 어떤 '사건'이 일어났다는 사실 때문이 아니라 절대로 일어나면 안 된다던 '생각'과 어긋났기 때문이라는 것이죠.

우리 주변에서 경험할 수 있는 이야기로 예를 들어 보죠.

유승호라는 학생이 있어요. 승호는 명랑하고 착하지만 공부는 잘 못해요.
오늘은 집에 들어가는 승호의 발걸음이 무거워요. 얼마 전에 본 중간고사 성적표가 나왔거든요. 집에 들어가 어머니께 성적표를 보여 드렸어요. 어머니는 매우 실망하면서 승호에게 화를 내요. "이것도 성적이라고 받은 거야? 그동안 열심히 공부하는 줄 알았더니 딴생각만 했구나. 다음엔 꼭 성적 올려!"

어머니는 왜 승호에게 화를 냈을까요? 승호 성적표 때문일까요? 아니에요. 어머니가 만약 '우리 아이는 절대 성적이 나빠선 안 된다'는 '생각'을 하지 않았다면, 승호 성적표를 보는 '사건' 때문에 화를 내진 않았을 거예요. 하지만 승호 어머니는 '승호가 성적이 나빠서는 안 된다'는 생각을 하고 있었고, 그런 '생각'과 현실에서 일어난 '사건'이 맞아떨어지지 않다 보니 그 '생각(기대)'이 '분노'로 바뀐 거죠.
자, 그럼 다시 만도 이야기로 돌아가 볼까요?
만도는 진수가 병원에서 나온다는 걸 알고 있었어요. 하지만 결코

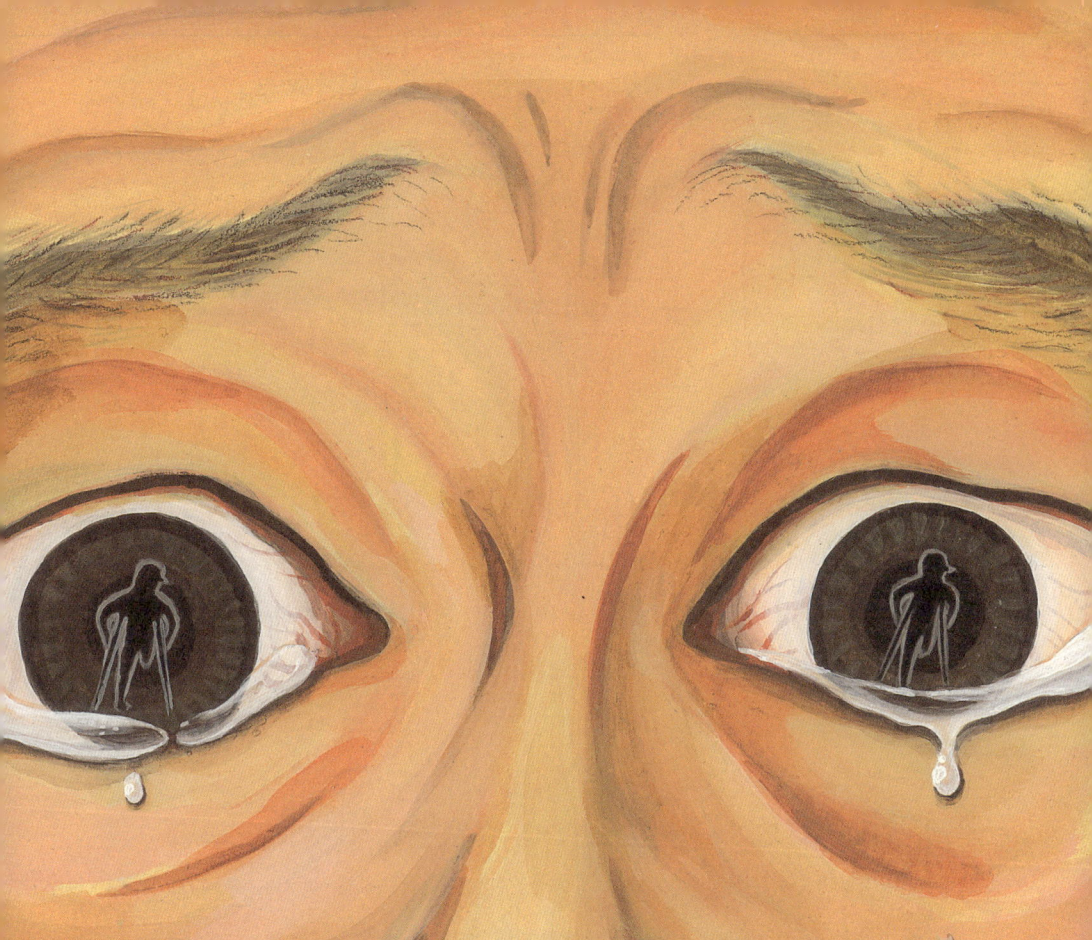

　자신처럼 불구가 되지는 않았을 거라고 '생각'하고 있죠. 그런데 기차 역에서 보게 된 것은 무엇인가요?

　한쪽 다리가 없는 진수를 본 순간, 만도는 자신의 '생각'과 맞아떨어지지 않는 현실에 실망했어요. 자신이 한쪽 팔이 없는 불구로 살면서 겪어야 했던 수많은 고통들을 아들인 진수도 겪어야 할 거라고 생각했을 거예요. 받아들이기가 쉽지 않았겠죠. 그래서 만도의 '생각'은 '분노'로 바뀌기 시작해요. 그렇기 때문에 아들이 쫓아올 수 없는 것을 뻔히 알면서도 성큼성큼 앞서 가는 것이죠.

만도가 술을 마신 까닭은 무엇인가요?

"빨리 곱빼기로 한 사발 달라니까구마."
"오늘은 와 이카노?"
여편네가 주는 술 사발을 받아 들며 만도는 "후유—" 하고 숨을 크게 내쉬었다. 그리고 입을 얼른 사발로 가져갔다. 꿀꿀꿀 잘도 넘어가는 것이다.

오늘은 박만도 씨가 술을 마신 까닭을 알아보도록 하겠습니다. 심리학 전문가와 소설 속 인물인 박만도 씨를 모셨습니다. 우선 전문가 분께 여쭤 보도록 하겠습니다.

사람들은 왜 술을 마신다고 생각하시나요?

여러 가지 이유가 있겠지만, 괴로움을 잊거나 스트레스를 풀려고 술을 마시는 경우가 많죠. 한 연구 결과에 따르면, 약간의 술은 사람이든 동물이든 기분을 좋게 만들어 준다고 합니다. 기분이 좋아지면 스트레스를 잠시나마 잊을 수 있겠죠.

그렇다면 박만도 씨가 주막에서 술을 마신 까닭도 스트레스나 화 때문이라는 건가요?

그렇습니다. 박만도 씨는 전쟁터에서 한쪽 다리를 잃은 진수를 보자 화가 났습니다. 진수만큼은 장애가 있어선 안 된다는 생각이 물거품이 되자 화가 치민 것이죠.

아, 그렇군요. 그렇다면 당시 박만도 씨는 어떤 기분이었는지, 왜 술을 마시게 되었는지 직접 한번 들어 볼까요?

미칠 것 같았어요. 그토록 기다렸던 진수가 꼴도 보기 싫었어요. 어떻게 나에게 이런 시련을 줄 수 있을까 생각하니 견딜 수가 없었죠. 그래서 어디로든 가야 했어요. 도저히 기차역에 있을 수 없었거든요. 진수가 따라오든 말든 상관없었어요. 성질이 나서 그냥 앞장서서 가 버렸죠. 그런데 앞에 주막이 보이는 거예요. 술이라도 마셔야 했죠. 한 잔 가지고는 화가 누그러지지 않았어요. 그래서 다시 한 잔. 그래도 화를 참을 수가 없었어요. 또다시 한 잔. 그러자 답답함이 트림으로 쏟아져 나왔어요.

그렇게 술을 마시고 나니까 스트레스나 화가 풀리던가요?

차츰 술기운이 돌기 시작하더군요. 기차역에서 진수를 기다리면서 계속 가지고 있던 긴장감이 풀리는 것 같았어요. 진수에게 쏟아냈던 화도 좀 누그러졌고요. 조금 진정된 마음으로 방문 밖을 내다봤어요. 그런데 그제야 진수가 목발을 짚고 들어오고 있더군요. 그 모습이 안돼 보이기도 하고, 내 신세가 왜 이럴까 한탄스럽기 했지만, 그래도 받아들여야지 하는 마음이 생기더라고요.

술을 마시고 나니까 절뚝거리며 주막으로 들어서는 진수의 모습이 전과는 다르게 보였다는 말씀이시군요. 술의 힘이란 참 오묘한 것 같습니다.

술을 소재로 한 단편소설

현진건의 〈술 권하는 사회〉

새벽 1시가 넘어도 남편은 돌아오지 않는다. 결혼한 지 7년이 넘었지만 같이 있어 본 날은 1년도 채 안 된다. 아내는 일본 동경으로 유학을 간 남편이 그리워도 참아야 했다. 아내는 '남편이 돌아오면 무엇이든 다 될 텐데, 그까짓 비단옷이나 금반지가 무슨 문제냐'고 스스로를 위로하며 지냈다. 그러나 일본에서 돌아온 남편은 날마다 한숨만 쉬고 몸은 자꾸 쇠약해졌다. 게다가 밤늦게 고주망태가 되어 돌아오는 것이 일과가 되었다.
새벽 2시, 몸을 가누지 못할 만큼 취하여 돌아온 남편에게 아내가 "누가 이렇게 술을 권했는가?" 하고 묻는다. 남편은 "이 사회란 것이 내게 술을 권했다오!"라고 푸념을 한다. 아내는 그 말의 뜻을 잘 이해할 수 없었다. 그저 남편을 원망할 뿐이다. 남편은 "아아, 답답해!"란 말을 되풀이하며 또다시 밖으로 나간다. 아내는 멀어져 가는 발자국 소리에 "그 몹쓸 사회가 왜 술을 권하는고!" 하고 절망을 되씹는다.

김승옥의 〈서울, 1964년 겨울〉

'나'는 선술집에서 우연히 '안'을 만난다. 둘은 시시껄렁한 대화를 나누다 서로 마음이 통하게 된다. 술집에서 나와 돌아다니다 여관에 들기로 하고 자리를 뜨려는 순간, 한 사내가 함께 데려가 달라고 한다. 그는 오늘 낮에 아내가 병원에서 죽었는데 장례비가 없어 시신을 팔고 4천 원을 받았으며, 그 돈을 오늘 밤 다 써야 한다고 말한다. 세 사람은 택시를 타고 불자동차를 따라간다. 화재 현장에 도착해 불구경을 한다. 사내가 불길 속에 남은 돈을 모두 던진 사실을 알고 나와 안은 사내와 작별을 하려 했지만, 사내가 함께 있기를 원해 할 수 없이 같이 여관에 든다. 한방에 들기를 원하는 사내를 무시하고 세 사람은 각각 다른 방에 든다. 이튿날, 사내가 자살했다는 사실을 알게 된 나와 안은 뒷일이 귀찮아 도망치듯 여관을 빠져나온다.

주막은 어떤 곳인가요?

개천을 건너서 논두렁길을 한참 부지런히 걸어가노라면 읍으로 들어가는 한길이 나선다. 도로변에 먼지를 부옇게 덮어 쓰고 도사리고 앉아 있는 초가집은 주막이었다.

교통수단이 발달하지 않았던 옛날에는 대부분의 사람들이 걸어 다녔어요. 그래서 경상도나 전라도에서 서울까지 가려면 한 달씩 걸리곤 했죠. 길을 걷다가 때가 되면 밥을 먹어야 했고, 밤이 되면 잠을 자야 했어요. 그럴 때 들렀던 곳이 '주막'이랍니다.

주막에서는 나그네들에게 밥과 술을 팔았어요. 밥은 차리기도 쉽고 먹기도 좋게, 대개 국에 말아서 줬어요. 밥, 국, 반찬을 따로 차리는 '정식'은 거의 팔지 않았는데, 따로 주는 경우에는 '따로국밥'이라고 불렀답니다. 반찬은 많지 않았는데, 김치나 콩나물 같은 반찬을 큰 그릇에 담아 놓고 손님들이 떠다 먹도록 했어요. 어떤 주막에서는 밥 대신 국수를 팔기도 했다는데, 그러고 보니 만도가 진수에게 사 먹인 것도 밥이 아니라 국수네요.

주막에서는 잠도 재워 줬어요. 술이나 밥을 사 먹으면 숙박료는 따로 받지 않았다고 하니, 지금보다는 인심이 후한 편이었네요. 하지만 잠자리가 그리 편하지는 않았을 것 같아요. 이부자리는 따로 주지 않았고, 한두 칸의 온돌방에 열 명 정도가 껴서 잤다고 하니까요. 그리고 여름에 방문을 활짝 열어 놓고 자면 모기뿐만 아니라 이나 빈대까지 극성을 부려 잠을 설치기 일쑤였답니다.

주막은 사람들이 많이 다니는 곳에 자리하고 있었어요. 나그네들이 많이 지나다니는 길목이나 장사꾼들이 모여드는 장터, 또는 나루터나 광산촌 등에 많았답니다. 주막집의 구조는 일반 집과 크게 다르지 않았어요. 손님들은 주막에서 가장 큰 방에 들어가서 밥을 먹고 술을 마시고 잠도 잤는데, 그런 방을 '봉놋방'이라고 불렀어요.

일제 강점기에 접어들면서 주막이 많이 사라지게 돼요. 곳곳에 철도가 놓이고 버스가 다니면서 오가는 데 걸리는 시간이 많이 줄어든 데다, 도시에는 일본식 술집과 여관이 자리를 잡았기 때문이죠. 그때부터 주막은 차츰 농촌 마을로 들어가 농사꾼들한테 술을 팔게 돼요. 만도가 자주 다니던 단골 주막도 그 가운데 하나였을 겁니다.

그런데 이 소설에서 주막은 그저 단순히 술을 파는 공간이 아니에요. 소설 전개에서 매우 중요한 구실을 하는 장소랍니다. 만도가 진수를 만나서 집으로 돌아오는 길을 돌이켜 보세요.

기차역에서, 다리를 잃은 진수 모습을 보고 만도는 큰 충격에 빠집니다. 그래서 뒤도 돌아보지 않고 저만치 앞서 가 버리죠. 그러다가 만도는 주막으로 휑하니 들어가서 술을 거들빼기로 석 잔을 해치웁니다. 빈속에 그렇게 술을 마시니 눈두덩이 확확 달아오르고 귀뿌리가 발갛게 익어 가는 걸 느끼죠. 그처럼 술기가 얼근하게 돌자 만도의 속이 좀 풀립니다.

그제야 만도는 주막집 방문을 열고 바깥을 봐요. 때마침 아들 진수가 이마에 땀을 척척 흘리며 오고 있었죠. 만도는 진수를 주막으로 불러들입니다. 그리고 국수를 시켜 주죠. 곱빼기에 참기름도 쳐서 맛있게 해 달라고 특별히 부탁까지 합니다. 그리고 나서 주막을 나설 때는 진수를 앞에 세웁니다.

주막을 나선 그들 부자는 논두렁길로 접어들었다. 아까와 같이 만도가 앞장을 서는 것이 아니라 이번에는 진수를 앞세웠다. 지팡이를 짚고 쩌긋둥쩌긋둥 앞서 가는 아들의 뒷모습을 바라보며 팔뚝이 하나밖에 없는 아버지가 느릿느릿 따라가는 것이다. 손에 매달린 고등어가 대구 달랑달랑 춤을 추었다.

비로소 만도는 진수를 제대로 바라보고, 현실을 있는 그대로 받아들입니다. 그리고 만도는 진수와 이야기를 나누기 시작하죠. 어쩌다 그렇게 되었는지 사연을 묻고, 앞으로 어떻게 살아갈까 걱정하는 아들에게 목숨만 붙어 있으면 다 살아갈 수 있다고 힘을 줍니다. 그리고 "집에 앉아서 할 일은 니가 하고, 나댕기메 할 일은 내가 하고, 그라면 안 대겠나."라며 삶의 희망도 심어 줍니다.

아들을 만나서 주막까지 오는 발걸음이 분노와 좌절과 갈등의 길이었다면, 주막을 나와서 집으로 향하는 발걸음은 용서와 희망과 화해의 길입니다. 분노와 용서, 좌절과 희망, 갈등과 화해의 중간쯤에 주막이 자리 잡고 있는 셈이네요.

조선의 마지막 주막, 삼강주막

경북 예천군 풍양면 삼강리에는 얼마 전까지 '삼강주막'이라는 주막이 있었어요. 낙동강 700리 길을 통틀어 마지막까지 남아 있었던 전통 주막이었죠. 주막이 있는 곳은 낙동강, 내성천, 금천의 세 개 강물이 합쳐지는 곳이라 해서 '삼강'이라고 불렀는데, 예전에는 소 여섯 마리를 실은 배가 드나들 정도로 큰 나루였대요. 더군다나 대구와 서울을 잇는 가장 빠른 뱃길이라서 소금과 농산물을 실은 배들이 이곳으로 다 모여들었어요. 그러다 보니 나루에는 상인, 뱃사람, 나그네 들로 붐볐지요. 그래서 주막에는 늘 손님이 그득했다고 합니다.

삼강주막이 생긴 것은 1900년대 초반이라고 해요. 마지막까지 주막을 지킨 분은 유옥련 할머니인데, 1917년에 태어나서 꽃다운 나이인 열아홉 살에 주모로 들어앉아 2006년 90세로 세상을 뜰 때까지 약 70년간 이 주막을 지켰어요. 할머니는 글은 물론 숫자도 알지 못했는데, 단골손님들이 외상을 하면 흙벽에다 금을 그어서 표시를 해 놓았다고 하네요.

만도의 고향이 영천이라면 이곳 예천과 그리 멀지 않아요. 그렇다면 만도와 진수가 들렀던 주막이 어쩌면 삼강주막은 아니었을까요?

복원 전 삼강주막

만도와 진수가 걷는 길은
무엇을 상징하나요?

〈수난 이대〉를 꼼꼼하게 읽어 보면, 만도와 진수는 끊임없이 걷고 있다는 걸 알게 됩니다. 이들이 걸었던 길을 우리도 함께 따라가 볼까요?

　만도는 진수를 마중하러 나가요. 전쟁에 나갔던 삼대독자가 살아서 돌아온다니, 생각할수록 어깻바람이 나죠. 그래서 용머릿재를 단숨에 올라채요. 그러고도 고갯마루에서 쉬지 않고 냅다 고개를 넘어서죠. 하나밖에 없는 팔을 마구 흔들면서 내리막길을 내려갑니다. 내리막길을 쏘아 내려온 기운 그대로, 들판을 잰걸음으로 가로지르고 외나무다리를 건너서 논두렁길을 지나 드디어 큰길로 나섭니다. 큰길가에는 읍에 나올 때마다 꼭 들르는 단골 주막이 있지만, 거기도 지나칩니다. 읍으로 나온 만도는 아들에게 먹일 고등어를 사 들고 일찌감치 정거장으로 가서 아들을 기다려요.

　쾌액―. 드디어 아들 진수를 실은 기차가 산모퉁이를 돌아서 옵니다. 시커먼 열차 속에서 사람들이 꾸역꾸역 밀려 나오는데, 아무리 두 눈을 굴려도 아들 모습은 눈에 띄지 않아요. 그러다가 "아부지!" 하며 부르는 소리에 깜짝 놀라서 뒤를 돌아봅니다. 그 순간 만도의 두 눈은 무섭도록 크게 떠지고 입은 딱 벌어집니다.

　이제 만도는 다시 집으로 돌아갑니다. 한쪽 다리밖에 없는 아들이 따라오든 말든 혼자서 앞서 갑니다. 그러다가 주막에서 술을 마신 뒤 마음이 어느 정도 풀린 만도는 아들을 앞세우고 이런저런 얘기를 주고받으며 걷습니다. 자신의 한쪽 팔을 앗아 가고 아들로부터 한쪽 다리를 빼앗아 간 정거장을 뒤로 하고, 자신들의 따뜻한 고향 마을로 돌아갑니다.

한편 진수가 걸어온 길은 어땠을까요? 진수는 전쟁터에서 죽을 고비를 가까스로 넘기고 겨우 목숨을 건졌지만, 살아남았다는 기쁨보다는 전우들의 죽음 때문에 가슴이 아팠을 겁니다. 더군다나 한쪽 다리를 잃었으니 집으로 돌아갈 낯이 서지 않았을 테죠. 아버지가 한쪽 팔을 잃고 얼마나 힘들게 살아가는지 똑똑히 알고 있으니까요. 기차를 타고 돌아오는 길에 진수는 마음이 복잡했을 겁니다.

드디어 정거장에 도착했어요. 저 멀리 아버지 모습이 보이지만 선뜻 아버지 앞에 나설 용기가 나질 않아요. 아버지는 발을 동동 구르며 애타게 나를 찾고 있어요. 나는 아버지 뒤에서 떨리는 목소리로 아버지를 불러요. 나를 돌아보는 아버지 시선이 바람에 펄럭거리는 바짓가랑이에 머무는 순간, 아버지 눈이 무섭도록 크게 떠지고 입이 딱 벌어져요. 그리고 아버지가 혼자서 성큼성큼 걸어갑니다. 아버지는 한 번도 뒤를 돌아보지 않아요. '내가 괜히 살아서 돌아왔구나. 차라리 전쟁터에서 죽어 버렸으면 더 좋았을 것을…….' 입술에 내려와 묻는 짭짤한 것을 혀끝으로 날름 핥으며 절름절름 아버지를 따라갑니다. 주막까지 오니, 아버지가 안에서 나를 부릅니다. 들어가니 국수를 시켜 주시네요. 곱빼기에 참기름도 치라는 아버지 이야기를 들으니 눈물이 왈칵 솟아요. 주막을 나서서 아버지와 함께 걸어오면서 처음으로 따뜻하게 이야기를 나눠요. 어떻게 살아갈까 걱정하는 나를 위로해 주고, 외나무다리에서는 나를 업어 주세요. 아, 그래요. 어떻게든 살아 봐야죠.

만도와 진수가 걸어온 길을 지켜보는 독자의 마음은 어떨까요?

처음에 만도가 한쪽 팔을 잃은 얘기를 들으며 마음이 아팠을 거예요. 그러다가 진수가 다리를 잃은 얘기까지 더해지면 화도 날 겁니다. 그리고 그것은 만도와 진수 두 사람만의 비극이 아니라 우리 겨레 전체가 겪은 비극이었다는 걸 깨닫게 될 겁니다. 그리고 한쪽 팔을 잃은 만도와 한쪽 다리를 잃은 진수가 서로 의지하며 외나무다리를 건너는 것을 보면서, 우리 겨레가 살아갈 길이 어떤 것인지도 어렴풋이 알게 될 겁니다. 만도와 진수가 따로 걸을 때는 비극의 길이었지만, 힘을 모아 걸을 때는 그 비극을 이겨 내는 희망의 길이 됩니다.

이처럼 〈수난 이대〉에서 '길'은 단순히 마을과 마을을 이어 주는 통로만을 뜻하는 게 아니에요. 앞에 놓인 문제를 발견하고, 그것을 이겨 낼 수 있는 방법을 깨닫는 과정이라고 할 수 있지요.

왜 나중에는 진수를 앞세워 함께 가나요?

아주 가까이 지내던 친구가 다른 학교로 전학을 간 일이 있나요? 같은 학교에서는 그렇게 친했는데, 서로 오래도록 떨어져서 지내다 보면 예전처럼 단짝으로 지내기가 어려워요. 그래서 "눈에서 멀어지면 마음에서도 멀어진다"고 하나 봐요.

소설에서도 등장인물 사이의 물리적 거리가 그들의 심리적 거리를 드러내는 경우가 많답니다. 그럼 이 소설에서 만도와 진수 사이의 거리를 살펴볼까요?

만도가 정거장에서 진수를 만났을 때, 한쪽 다리를 잃은 모습에 충격을 받아요. 그래서 뒤도 돌아보지 않고 앞장서 가죠. 지팡이에 의지해서 힘겹게 걷는 진수와 점점 멀어지고, 나중에는 작은 소리로 불러서는 들리지 않을 만큼 떨어지고 말아요. 진수는 그렇게 앞서 가는 아버지를 부르지도 못해요.

하지만 주막에서 술과 국수를 먹고 나설 때부터는 둘 사이의 거리가 달라집니다. 만도는 아들을 앞세우고 느릿느릿 아들 걸음에 맞춰 뒤따라가죠. 서로 이야기를 주고받을 수 있을 만큼 거리가 가까워졌네요. 앞으로 어떻게 살아갈지 막막해 하는 진수를 위로하며 지그시 웃어 주는 만도 얼굴을 상상해 보면, 두 사람의 심리적 거리도 많이 가까워진 것 같아요.

다음은 외나무다리를 건너려고 만도가 진수를 업는 장면이에요.

> 진수는 지팡이와 고등어를 각각 한 손에 쥐고 아버지의 등어리로 가서 슬그머니 업혔다. 만도는 팔뚝을 뒤로 돌려서 아들의 하나뿐인 다리를 꼭 안았다. 그러고,
> "팔로 내 목을 감아야 될 끼다."
> 하는 것이었다.

두 사람 거리는 어떻게 됐나요? 진수가 만도에게 업혀 있으니 마치 한 몸처럼 되었네요. 물리적 거리가 사라진 셈이에요. 더불어 둘 사이의 심리적 거리도 사라졌어요. 알 수 없는 원망과 야속함 대신 앞으로 서로 힘을 모아 살아갈 희망이 두 사람 가슴속에 똑같이 자리 잡고 있겠죠.

두 사람 사이의 거리는 단순한 물리적 거리가 아니었어요. 두 사람 사이의 마음의 거리였던 거죠. 또한 그 거리가 사라지는 과정은 아픔과 미움에서 벗어나 화해와 극복에 이르는 과정을 보여 주는 것이라고도 볼 수 있겠네요.

그런데 소설에는 등장인물 사이의 거리만 있는 게 아니에요. 등장인물을 바라보는 서술자의 거리도 중요해요.

서술자는 등장인물 바로 곁에 붙어 서서 이야기를 전달할 때도 있고, 등장인물로부터 멀찌감치 떨어져서 이야기할 때도 있어요. 그렇다면 작가는 왜 서술자의 위치를 바꿀까요?

깊게 읽기

서술자가 등장인물 가까이 있을 때는 등장인물의 생각과 마음을 속속들이 들여다볼 수 있어요. 그래서 독자들이 등장인물의 마음에 쉽게 빠져들 수 있죠. 그렇지만 독자들이 나름대로 판단하고 느끼기는 힘들어요. 서술자가 보는 것만 보고, 서술자가 얘기하는 그대로 느끼게 되죠. 그래서 매우 소극적인 독자가 됩니다. 더 나아가 등장인물에게 너무 푹 빠져들기 때문에 넓게 볼 수가 없어요. 객관적이고 비판적으로 볼 수 없다는 뜻이죠.

가까이서 자세하게 말해 줘야지.

반면, 서술자가 등장인물에서 멀리 떨어지면 등장인물의 생각과 마음을 구석구석 보여 주지는 못해요. 그렇기 때문에 독자는 스스로 생각을 하게 되죠. '지금 저 사람이 무슨 마음일까?' '왜 저렇게 행동할까?' 서술자가 꼼꼼하게 보여 주지 않으니 독자가 스스로 생각하면서 더 적극적으로 읽게 된다는 뜻입니다. 그리고 더 나아가 멀리서 전체를 바라보면서 비판적으로 보게 됩니다.

이렇게 소설 속 여러 가지 거리를 살피는 것은, 소설의 주제를 읽어 내는 좋은 실마리가 되기도 한답니다.

어! 저 사람들이 언제 저렇게 가까워졌지?

   이제 만도와 진수 얘기로 돌아가 볼까요. 처음에 작가는 서술자를 만도와 진수에게 아주 가깝게 붙여요. 만도가 진수를 보면서 깜짝 놀라는 장면을 보세요. 튀어나올 것처럼 커진 눈동자, 벌어진 입, 두 눈에 고인 뜨거운 눈물까지 생생하게 보여요. 그러면서 독자들은 만도와 진수의 고통에 공감을 하게 되죠.

   하지만 언제까지나 그런 슬픔에 빠져 있을 수는 없어요. 거기서 빠져나와 이겨 내야죠. 그래서 서술자를 등장인물로부터 떼어 놓은 게 아닐까요? 용머릿재가 그들을 따뜻하게 지켜보는 것처럼, 독자들도 멀찌감치 떨어져서 그들을 보게 되는 것이죠. 그러면서 더 넓고 멀리까지 보게 될 겁니다. 그리고 이들이 앞으로 이 상황을 어떻게 이겨 낼 것인지, 이들이 겪은 고통이 무엇을 상징하는지, 또 그 고통이 어디에서 왔는지 생각하게 될 겁니다.

외나무다리 건너에는
무엇이 있을까요?

만도는 아직 술기가 약간 있었으나 용케 몸을 가누며 아들을 업고 외나무다리를 건너가는 것이었다.

외나무다리는 통나무를 세로로 잘라 어설프게 이어서 냇가 이쪽과 저쪽을 연결한 다리를 말해요. 통나무 하나를 잘라 만든 다리이니 폭이 좁아 중심을 잡기도 어렵고, 곧게 뻗어 있지도 않고, 게다가 흔들리기까지…….

사람들은 이렇게 아슬아슬한 외나무다리를 건너 논밭에 가서 일을 하기도 하고, 이웃 마을로 놀러 가기도 했어요. 그리고 읍내로 나가서 장을 보고, 기차역에 마중도 가고, 학교도 가고……. 장마철이 되면 휩쓸려 내려가기 일쑤였겠지만, 외나무다리는 마을 안팎을 이어 주는 소중한 존재였을 거예요.

만도와 진수는 외나무다리를 어떻게 느꼈을까요? 몸이 성한 사람들도 외나무다리 위에서 중심을 잡기가 힘들었으니, 만도와 진수에게는 골치 아픈 장애물이었을 거예요. 예전에 만도는 술에 취해 흥청대며 외나무다리를 건너다가 중심을 잃고 물에 빠진 적이 있잖아요. 진수는 또 어떻고요. 한쪽 다리로 건널 엄두가 나질 않아서 시냇물을 직접 건너려고 바짓가랑이를 걷어 올리죠. 그런 진수를 보면서 만도가 등을 내밉니다.

"진수야, 그만두고 자아 업자."
하는 것이었다.
"업고 건너면 일이 다 되는 거 아니가. 자아 이거 받아라."

'외팔이'인 만도가 '외다리'인 진수를 업고 '외나무다리'를 건넙니다. 외팔이인 만도에게 진수가 또 하나의 팔이 되어 주고, 외다리인 진수에게 만도가 또 하나의 다리가 되어 주는 것이죠. 두 몸이지만 한 몸 한 마음이 되어 외나무다리를 건넙니다. 만도는 아랫도리가 후들거리고 아직 술기가 남아 있지만, 예전처럼 물에 빠지진 않죠. 조심조심 용케 외나무다리를 건넙니다.
이제 이들에게 외나무다리는 더 이상 골치 아픈 장애물이 아니에요. 서로가 서로의 팔이 되고 다리가 되어 주면 충분히 건널 수 있으니까요. 이와 마찬가지로 두 사람 앞에 놓인 어떤 어려움도 서로를 감싸면서 이겨 낼 수 있을 거예요.
당시 사회를 생각해 보면, 외나무다리는 어떤 의미일까요?
만도와 진수는 외나무다리를 건너서 집으로 돌아갑니다. 아마 두 사람에게 오늘 하루는 무척이나 힘들었을 거예요. 만도는 아들이 살아 돌아온다는 사실이 무척 기뻤지만, 아들이 다리를 잃고 돌아왔다는 날벼락 같은 현실 때문에 큰 충격에 빠지죠. 그래서 진수에게 화를 냈고, 진수는 눈물을 흘려야 했어요. 좌절하고 슬퍼하고 화내고,

주막을 거쳐 마음이 누그러지기까지 참 힘든 여정이었을 거예요. 두 사람이 만나 외나무다리로 돌아오기까지는 어려움이 참 많았네요. 만도에게도 진수에게도 외나무다리 바깥의 세상은 너무나 무섭고 거칠어요.

하지만 그 '바깥세상'을 뒤로하고 두 사람은 집으로 갑니다. 물론 소설에는 안 나오지만 집으로 돌아간 두 사람이 어땠을지 상상해 보세요. 온 가족이 부둥켜안고 마음껏 울었을 수도 있고, 그동안 겪은 일들을 얘기했을 수도 있어요. 어쨌거나 서로가 서로를 감싸고 보듬으며 오순도순 살아갔을 겁니다.

그러니까 외나무다리는 차가운 바깥세상과 따뜻한 집(마을)을 가르고 이어 주는 구실을 한다고 볼 수 있어요. 이 외나무다리를 두 사람이 힘을 모아 건넜으니, 이제 두 사람이 다시 '바깥'으로 나오는 길도 험난하지만은 않을 것 같네요.

이런 생각도 해 볼 수 있어요. 만일 만도의 '외팔'이 일제 강점기 징용의 상처를 의미하고, 진수의 '외다리'가 한국 전쟁의 상처를 의미한다면 어떨까요? '아버지와 아들의 모습'에서 나아가 역사의 아픔을 보듬고 살아가는 '우리 민족의 모습'이 그려질 수도 있겠네요. 그리고 더 나아가면 '외팔이'와 '외다리'가 마치 반쪽씩을 잃어버린 '남한'과 '북한'의 모습과도 비슷해 보입니다.

자, 이제 만도가 진수를 업고 외나무다리를 건너가는 장면에 담긴 속뜻이 보이나요?

**작가가
만도와
진수에게
쓴 편지**

〈수난 이대〉의 두 부자에게

박만도 씨, 먼저 당신의 연세를 헤아려 보아야 되겠군요. 필자가 당신네 두 부자의 이야기를 소설로 썼던 게 이미 40년 전의 일이고 작품 속에서 당신은 그때 이미 마흔을 훨씬 넘은 터였으니 지금은 여든대여섯이 되었겠네요.

80대 중반이면 어쩌면 이미 고인이 됐을지도 알 수 없지만, 나는 팔이 하나뿐인 당신이 다리를 하나 잃고 돌아온 아들을 한 팔로 등에 업고 아슬아슬한 외나무다리를 기어이 무사히 건넜던 그 강인한 정신력으로 미루어 보아서 틀림없이 아직도 살아 있으리라 믿습니다.

그리고 그때 20대 초반이었던 아들 진수도 어느덧 60대의 노인이 되었겠군요. 비록 다리가 하나밖에 없어 목발에 의지하는 인생이 되긴 했지만, 역시 아버지와 마찬가지로 꿋꿋한 의지로 아직도 건강하게 살아 나가고 있을 거라고 생각합니다.

당신네 두 부자를 그처럼 역사의 희생물로 비참한 신세가 되게 했던 나를 어쩌면 두 분께서 무척 원망했을 것도 같습니다. 사실 나 역시 한 집안의 두 기둥이라고 할 수 있는 두 분을 그처럼 불구의 몸으로 만들어 버린 데 대해 미안한 생각을 금할 수가 없습니다.

그러나 그것은 당신네 두 부자만을 비극의 구렁텅이로 밀어 넣어 버리기 위해서 그런 것이 아니라, 우리 민족 전체의 수난을 상징적으로 나타내 보이려고 그렇게 구상했던 것이니 양해 있으시기 바랍니다.

우리의 근대사를 거시적으로 되돌아볼 때 일본에 나라를 빼앗겼던 실국 시대와 남과 북으로 국토가 양분된 분단 시대로 크게 나누어 볼 수가 있을 것입니다. 실국 시대의 말기에는 태평양 전쟁이라는 남의 나라의 싸움에 우리 겨레가 수없이 끌려가 희생을 당했고, 분단 시대의 초기에는 동족상잔의 불길이 직접 우리 강토에서 일어나 또한 헤아릴 수 없이 많은 무고한 백성들이 희생을 당하지 않았습니까.

그 두 개의 수난은 근세에 겪은 우리 민족의 지울 수 없는 악몽과도 같은 것이 아닐 수 없습니다.

강토가 불타고 수많은 인명이 희생되었지만 우리는 그 폐허와 절망을 딛고 넘어서서 오늘날과 같은 놀라운 발전을 이룩하게 되었습니다. 우리 겨레의 강인하고 끈질긴 정신의 소산이 아니고 무엇이겠습니까.

내가 불구의 아버지인 박만도 씨가 역시 불구의 몸인 아들을 업고 외나무다리를 무사히 건너가게 했던 것은 그런 고난의 극복을 염원했기 때문입니다. 그리고 그것이 이 작품의 주제이기도 했고요.

80대 중반이 된 박만도 씨와 60대의 아들 진수 씨가 지금도 고향에 몸담아 살아가고 있는지, 아니면 도시로 나와 뿌리를 내리고 노년의 생을 영위해 나가고 있는지…….

나는 눈을 감고 잠시 머릿속에 그 모습을 그려 봅니다. 왠지 미안한 생각이 들어 조금 눈물겨워지기도 하는군요.

1996년 하근찬

왜 용머릿재가 만도와 진수를 내려다본다고 했나요?

눈앞에 우뚝 솟은 용머릿재가 이 광경을 가만히 내려다보고 있었다.

만도가 진수를 업고 건너는 외나무다리와 그 광경을 지켜보는 용머릿재는 서로 비슷하면서도 달라요. 어떤 점이 비슷하고 다른지 살펴볼까요?

만도와 진수 앞에 놓인 시련이라는 점에서는 비슷해요. 외나무다리는 몹시 위태로워서 조심하지 않으면 떨어질 수 있어요. 그런 외나무다리를 한쪽 다리가 없는 아들을 업고 건너야 한다는 건 여간 어려운 일이 아닐 거예요.

하지만 시련은 그것으로 끝이 아니랍니다. 우뚝 솟은 용머릿재가 눈앞에 기다리고 있죠. 그 고개는 한두 군데 앉아 쉬어야 넘을 수 있을 만큼 높아요. 그런 고개를 한쪽 다리가 없는 진수와 함께 넘어야 해요. 물론 쉽지 않겠죠.

그래요, 외나무다리와 용머릿재는 만도와 진수 앞에 닥친 시련이에요. 하지만 거기서 그치지 않고, 그 어려움을 이겨 내리라는 믿음과 희망까지 더불어 보여 주고 있어요. 더 나아가 시련을 극복하려면 서로가 힘을 모으고 도와야 한다는 것까지 말하고 있죠. 그러고 보니 외나무다리와 용머릿재는 참 비슷하네요.

다른 점도 있어요. 외나무다리는 두 인물과 동일시되고 있어요. 한쪽 팔을 잃은 만도, 한쪽 다리를 잃은 진수의 모습이 외나무다리와 비슷하잖아요. 하지만 용머릿재는 두 인물과 좀 떨어져 있어요. 멀리서 이들을 내려다보면서 힘을 내라고 응원을 하고 있는 것 같으니까요.

그런데 왜 고개 이름을 '용머릿재'라고 붙였을까요? 우리 겨레는 예로부터 용을 숭배했어요. 용은 날씨를 마음대로 부릴 수 있다고 믿었죠. 날씨는 농사와 관련이 있어요. 그러니까 용이 잘 보살펴서 날씨가 좋으면 농사를 잘 지을 수 있고, 그렇지 않으면 굶어죽을 수밖에 없다고 생각했던 것 같아요. 그러니 사람들에게 용은 대단한 존재였던 거죠.

이 소설에서 용머릿재도 용과 비슷한 구실을 해요. 만도와 진수가 위태롭게 외나무다리를 건너는 광경을 내려다보면서, 마치 그들을 지켜 주고 있는 듯한 느낌이 들거든요.

이제 만도와 진수는 외롭지 않아요. 서로가 서로를 의지할 수 있고, 또 멀리서 용머릿재가 지켜보고 있으니까요.

만도는 왜 충격적인 일을 겪고도 긍정적인가요?

> 이 작품의 구상이 떠오른 것은 동해남부선 열차 속에서였다. 1956년의 가을쯤이었다. ……
> 잡상인들에게 시달려야만 했다. 잡상인들이란 주로 상이군인들이었다. 팔 하나가 없거나 다리 하나가 없거나 혹은 얼굴이 형편없이 뭉개져 버린, 말하자면 인간 파편이라고 할 수 있는 그런 사람들이 물품을 거의 강매하다시피 하고 다녔다.

〈수난 이대〉를 쓴 작가가 한 말이에요. 작가가 경험한 1956년 가을의 풍경이 어땠을지 상상해 보세요.

  주위를 둘러보면 보이는 것이라곤 전쟁의 상처들뿐이었어요. 그리고 몸이 성치 못해서 먹고살 길이 막막한 상이군인들이 이리저리 물건을 팔러 다니는 모습(다리를 잃은 사람들은 목발을 짚고 다녔고, 팔이 없는 사람들은 그 자리에 갈고리를 끼우고 다녔어요. 한 손에 물건을 들고, 다른 손에 끼워 놓은 갈고리를 휘두르며 물건을 팔았답니다.)은 참 우울한 장면이었어요. 그런 광경을 보고 작가는 〈수난 이대〉를 쓰기로 결심하죠.

그런데 소설 속에 다음과 같은 장면이 나와요.

> 언젠가 한번, 읍에서 술이 꽤 되어 가지고 흥청거리며 돌아오다가 물에 굴러떨어진 일이 있었던 것이다. 지나치는 사람이 없었기에 망정이지 누가 보았더라면 큰 웃음거리가 될 뻔했었다. 발목 하나를 약간 접쳤을 뿐 크게 다친 데는 없었다. 이른 가을철이었기 때문에 옷을 벗어 둑에 늘어놓고 말릴 수는 있었으나 여간 창피스러운 것이 아니었다. 옷이 말짱 젖었다거나 옷이 마를 때까지 발가벗고 기다려야 한다거나 해서가 아니었다. 팔뚝 하나가 몽땅 잘려져 나간 숭한 몸뚱아리를 하늘 앞에 드러내 놓고 있어야 했기 때문이었다. 지나치는 사람이 있을라치면 하는 수 없이 물속으로 뛰어 들어가서 얼굴만 내놓고 앉아 있었다. 물이 선뜩해서 아래턱이 덜덜거렸으나 오그라 붙는 사타구니께를 두 손으로 꽉 움켜쥐고 버티는 수밖에 없었다.
> "호호호……"
> 그때 일을 생각하면 지금도 곧 웃음이 터져 나오는 것이다.

'어, 이상하다?'라는 생각이 들 거예요. 작가가 실제로 본 상이군인의 모습은 분명히 비참하고 눈물겨운데, 만도의 모습에서는 웃음이 배어나잖아요. 왜 작가는 자신이 본 아픈 현실과는 다른 모습으로 만도를 그렸을까요?

긍정적인 시선으로 삶을 바라보기 때문에 슬프고 아픈 상황도 웃음으로 넘길 줄 아는, 그래서 독자에게 웃음을 주는 표현을 '해학'이라고 해요.

〈수난 이대〉에서 해학적인 장면을 한번 찾아볼까요?

- 들창코를 벌름거리며 구수한 사투리로 말하는 만도의 모습

- 아무데서나 코를 팽팽 풀고 어디서든 오줌을 시원하게 누는 모습

- '세상을 잘못 타고 나서 진수 니 신세도 참 똥이다 똥.'이라고 생각하면서도, "목숨만 붙어 있으면 다 사는 기다."라고 위로하는 낙천적인 모습

　이런 만도의 모습에서 여러분은 눈물이 났나요 미소를 지었나요? 미소를 지었다면 그게 바로 해학이랍니다. 해학에는 웃음과 재미만 있는 것이 아니라 밝고 긍정적인 미래를 보여 주는 힘이 있어요.
　그래서 작가는 1956년 가을에 본 아픈 현실을 있는 그대로 그리지 않고, 만도라는 해학적인 인물을 만들어 낸 거예요.

해학

우리가 잘 알고 있는 〈흥부전〉을 보면 해학이 뭔지 알 수 있을 거예요.

놀부에게서 돈 한 푼 없이 쫓겨나서 찢어지게 가난하게 살던 흥부 부부는 줄줄이 낳은 자식들에게 옷을 입힐 수도 없어요. 방문을 열어 보면 큰녀석부터 막내까지 벌거벗은 아이들이 방구석에 우물우물 모여 있어요. 흥부가 기가 막혀 밤낮으로 궁리를 하다가 묘책을 생각해 내죠. 큰 멍석 하나를 얻어다가 자식 수만큼 구멍을 뚫고 멍석을 내려 씌워 놓아요. 머리만 콩나물 대가리처럼 내밀어, 한 녀석이 똥이라도 누러 갈라치면 다른 녀석들도 줄줄이 따라다니죠.

흥부네 가족은 살 집도, 먹을 음식도, 입을 옷도 없이 얼마나 힘들었을까요? 하지만 자식들이 큰 멍석에 머리만 내민 채로 우르르 몰려다니는 장면은 울음보다는 웃음에 가까워요. 가난이라는 슬프고 아픈 상황도 웃음으로 넘겨 이겨 내는 흥부네 가족의 모습, 이런 게 바로 해학이에요.

노랫말 속에도 해학이 있어요.

안녕하세요 / 적당히 바람이 시원해 기분이 너무 좋아요 유후 / 끝내줬어요 / 긴장한 탓에 엉뚱한 얘기만 늘어놓았죠 바보같이 / …… / 이 정도로 나 왔어도 즐겁잖아요 / 한 번의 실수쯤은 눈감아 줄 수는 없나요 / 나나나나 나나나나 노래나 할까요 / 더 잘할 수 있었는데 It's a beautiful day.
— EX, 〈잘 부탁드립니다〉

취업 면접을 망치고 돌아온 주인공이 부르는 노랫말이랍니다. 어렵게 찾아온 취업 기회를 한순간에 날려 버려서 슬프고 힘들지만, 이 정도면 즐겁다며 웃음으로 넘겨 버리죠.

이처럼 해학은 아주 오랜 옛날부터 지금까지 우리 삶 속에 녹아서 이어져 오고 있어요.

넓게 읽기

작품 밖 세상 들여다보기

시대

작가

작품

독자

작가 이야기
하근찬의 생애와 작품 연보, 작가 더 알아보기

시대 이야기
1940~1945년(일제 강점기), 1950~1953년(한국 전쟁)

엮어 읽기
역사, 장애, 그리고 길

다시 읽기
만도의 집은 어디일까요?

독자 이야기
엮어 쓰는 독후감

작가 이야기
하근찬의 생애와 작품 연보

1931(10월 21일)   경상북도 영천군 영천시 금로동에서 태어남.

1945(15세)   전주 사범학교에 입학함.

1948(18세)   전주 사범학교 재학 중 교원 시험에 합격함. 다니던 학교를 그만두고 초등학교에서 아이들을 가르침.

1954(24세)   부산 동아대학교 토목공학과에 입학함.

1955(25세)   단편 〈혈육〉이 《신태양》이 주최한 전국학생문예작품에 당선됨.

1957(27세)   한국일보 신춘문예 소설 부문에 〈수난 이대〉가 당선되며 문단에 나옴. 동아대학교를 중퇴하고 군대에 입대함.

1959(29세)   단편 〈나룻배 이야기〉와 〈흰 종이수염〉을 발표함. '교육주보사'에 기자로 입사함.

1960(30세)   단편 〈이지러진 입〉, 〈절규〉, 〈산까마귀〉, 〈위령제〉 등을 발표함.

1961(31세)   단편 〈분〉을 발표함. '교육자료사'에 편집 기자로 입사함.

1963(33세)   단편 〈왕릉과 주둔군〉, 〈두 아낙네〉를 발표함. 대한교육연합회 《새 교실》 편집부 기자로 입사함.

1964~1966(34~36세)   단편 〈산울림〉, 〈그 욕된 시절〉, 〈붉은 언덕〉, 〈낙도〉, 〈삼각의 집〉 등을 발표함.

1969(39세)   단편 〈낙발〉을 발표함. 이 작품 이후 주로 일제 말엽 소년 시절의 체험을 바탕으로 한 소설을 쓰기 시작함.

1970(40세)   단편 〈족제비〉로 제7회 대한민국문학상을 수상함.

1976(46세)　단편집 《흰 종이수염》, 《일본도》를 출간함.

1979(49세)　장편 《남한산성》, 단편집 《서울 개구리》를 출간함.

1983(53세)　장편 〈산에 들에〉로 제2회 조연현문학상을 받음.

1984(54세)　장편 《산에 들에》를 출간함. 제1회 요산문학상을 받음.

1988(58세)　단편집 《화가 남궁씨의 수염》, 대표 단편선 《산울림》을 출간함.

1989(59세)　〈작은 용〉으로 제6회 유주현문학상을 받음.

1991(61세)　《검은 자화상》을 출간함.

1992(62세)　《금병매》 전 5권을 출간함.

1995(65세)　《제국의 칼》 전 3권을 출간함.

1996(66세)　〈수난 이대〉가 고등학교 국어 교과서에 실림.

1997(67세)　산문집 《내 안에 내가 있다》를 간행함.

1999(69세)　중편 〈여제자〉가 '내 마음의 풍금'이라는 제목으로 영화화됨.

2001(71세)　〈흰 종이수염〉이 중학교 국어 교과서에 실림.

2002(72세)　단편집 《흰 종이수염》을 출간함.

2007(77세)　11월 25일 노환으로 세상을 떠남.

작가 더 알아보기

출생과 첫 번째 전쟁

태어난 고향은 경북 영천이지만, 아버지가 전근을 가게 되어 열 살 무렵 전북 김제군 죽산으로 이사를 가게 됩니다. 이곳에 어린 시절의 추억이 가장 짙게 배어 있기 때문에, 하근찬은 이곳을 제2의 고향으로 생각하였습니다. 하지만 태어난 고향에 대한 그리움이 남아 있어, 나중에 작가가 되면 반드시 경상도 사투리를 쓰리라 다짐합니다.

꼬마 이야기꾼

아버지가 학교 선생님이었기 때문에, 하근찬은 시골에 살면서도 양복을 입고 세발자전거를 탈 만큼 부족함이 없었습니다. 또한 그림책이 많아 어렸을 때부터 책을 접할 기회가 많았고요. 책을 읽고 나면 외갓집 사람들에게 그림책에서 읽은 이야기를 잘 늘어놓았지요. 그래서 사람들은 하근찬을 '꼬마 이야기꾼'이라고 불렀답니다. 초등학교 시절에도 이야기를 곧잘 하여, 이야기 시간이 되면 교실 앞에 나가 이야기를 펼치거나 전교생 앞에서 이야기를 하기도 했다고 해요. 훗날 초등학교 선생님이었을 때에도 '이야기 선생님'으로 불립니다.

최초의 시련, 사범학교 생활

당시 사범학교는 지금의 교육대학에 해당돼요. 하지만 요즘의 교육대학과는 다르게 초등학교를 졸업하면 곧바로 입학을 할 수 있었죠. 하근찬은 해방이 되던 해 4월에 전주 사범학교에 입학하여 여름 방학 때까지 넉 달 동안 일제의 사범 교육을 받아요. 이곳의 규율은 거의 군대와 비슷해서, 기숙사 생활을 하면서 고향에도 맘대로 가지 못하고 때로는 상급생들에게 심하게 기합까지 받았어요. 또 이때는 태평양 전쟁이 막바지로 치닫고 있을 즈음이어서 식량난이 이루 말할 수 없었어요. 늘 옥수수밥을 먹고 노동봉사(일)를 해야 했죠. 이렇게 힘들게 사범학교 생활을 하는 동안, 초등학교 선생님이었던 아버지가 4개월 동안 나흘에 한 번 꼴로 보내 준 32통의 편지를 받아 보며 힘든 학교생활에 힘을 얻었습니다.

시련의 끝, 해방

전주 사범학교에서 1학기를 마치고 15일의 짧은 여름 방학이 끝난 8월 15일. 가기 싫은 학교를 향해 집을 나섭니다. 20리 길을 걸어 정오가 지난 시각에 학교가 있는 읍내에 들어서는데, 길거리의 사람들에게서 "해방이 되었다."라는 말을 듣게 됩니다. "이제 학교에 갈 필요가 없지. 일본이 졌는데, 학교가 어디 있어."라는 사람들의 말에 20리 길을 되돌아 기쁜 마음으로 집에 돌아갑니다.

문인의 길에 한 발

해방이 되어 새로 한글을 배우면서 한글로 된 책을 눈에 띄는 대로 읽기 시작합니다. 1946년 중학교 2학년 때, 아버지의 서가에서 한글로 된 시집을 읽기도 하며, 중학교 3학년 무렵에는 문인이 되겠다는 결심을 하게 되죠. 그래서 뜻이 맞는 두 친구와 함께 시와 소설에 묻혀 지내게 됩니다.

한가위 날, 아버지의 죽음

초등학교 교장이었던 아버지가 반동으로 몰려 전주형무소(당시 인민교화소)로 가게 됩니다. 하근찬은 인민위원회가 자취를 감췄으며 전주형무소의 문이 열렸다는 소문을 듣고 전주까지 100리 길을 걷고 뛰어 아버지 마중을 나가지요. 하지만 어머니와 함께 형무소 안으로 들어가 보니 형무소 뒷마당에는 시체들이 즐비합니다. 그 가운데 학살당한 아버지의 시신도 함께 있습니다. 처참한 시체들을 바라보며 끝없는 절망에 빠진 경험은 하근찬의 문학에 적지 않은 영향을 주게 되지요. 이후 장편 〈야호〉에 이때의 경험을 자세히 담아냅니다.

네 번째 전쟁

1950년 12월, 소집 영장을 받고 국민방위군에 나갑니다. 서너 달 동안 혹독한 추위와 굶주림과 싸우며 훈련을 받는 등 가장 고통스러운 시간을 보내고 돌아옵니다. 국민방위군에서 돌아와 초등학교 교사 생활을 하던 1953년 휴전 무렵은 전선이 교착 상태여서 일진일퇴를 반복하며 애꿎은 군인들만 죽어 나가던 때였습니다. 전쟁터에 가면 살아 돌아올지 영영 이별일지 몰랐기에 군대에 가기 위해 사람들이 모여 있는 운동장은 한숨과 울부짖음으로 얼룩졌지요. 하근찬은 이들을 보며 작가가 되면 반드시 저들의 이야기를 쓰리라 다짐합니다. 이후에 쓴 〈수난 이대〉, 〈흰 종이수염〉, 〈왕릉과 주둔군〉, 〈붉은 언덕〉 등이 그에 해당됩니다.

하근찬은 전쟁의 그늘 속에서 태어나 전쟁과 더불어 자랐고, 전쟁 때문에 괴로움을 겪었기에 '전쟁 피해담'과 같은 작품들을 많이 썼으며, 전쟁을 집요하게 물고 늘어지게 된 것입니다.

절망에 빠지지 않기 위한 몸부림

하근찬이 작품을 통해 끈질기게 다뤄 온 주제는 대부분 전쟁과 관련된 것입니다. 만주 사변(1931년), 중일 전쟁(1937년), 태평양 전쟁(1941년), 한국 전쟁(1950년) 등 전쟁의 그늘 속에서 태어나 전쟁과 더불어 자랐고, 꿈 많은 시절을 전쟁 때문에 괴롭게 지냈기 때문일 것입니다.
"나는 전쟁을 집요하게 물고 늘어진 셈입니다. 그러나 전쟁을 정면으로 그리지는 않았습니다. 전쟁의 변두리라 할까, 그것이 할퀴고 지나간 뒤의 참담한 삶들, 즉 전쟁 후일담 같은 것과 또 그것이 밀어닥치고 있을 때 현장으로 끌려가는 사람들과 뒤에 남은 사람들의 비통한 양상들을 주로 그렸습니다."
그런데 참담하고 비통한 전쟁의 피해를 생생하게 증언하는 그의 작품들은 여느 전쟁 소설 작품처럼 서로 죽이고 부수는 파괴와 복수, 증오를 느낄 수 없습니다. 그의 소설에 나오는 평범한 주인공들은 자신의 운명을 멋대로 짓밟고 할퀴고 지나간 엄청난 비극 앞에서도 기죽지 않고 삶에 대한 긍정적인 마음을 끈덕지게 고수하고 있는 탓일 것입니다.
"제 성격 탓인지도 모르겠습니다. 언제나 작품의 밑바탕에는 역경 속에서도 삶을 포기하지 않는 희망을 담게 됩니다. 작품에서 대부분 시골을 무대로 삼은 것도 전쟁의 살벌함 속에서도 물 흐르고 바람 부는 자연의 유장함을 닮고 싶기 때문입니다. 우리를 유혹하는 비참한 절망에 빠지지 않기 위해 해학 속의 슬픔과 웃음 속의 눈물을 그린 것이지요."

—《동아일보》 1988년 7월 16일

시대 이야기 1940~1945년 (일제 강점기)

한 달에 한 번 주는 쌀 터무니없이 모자라

조선 총독부에서는 식량이 모자라자 배급제를 실시하였다. 사람들은 한 달에 한 번 쌀을 배급받았는데 그 양이 열흘 먹을 분량밖에 되지 않을 정도로 적었다. 그래서 사람들은 대부분 암시장에서 쌀을 구입하고 있는데 암시장에서는 쌀이 원래 가격보다 20배나 비싸게 거래되고 있다. 경찰에서 암시장 장사꾼을 엄격하게 단속하고 있기는 하지만 사람들은 굶어 죽을 수는 없기 때문에 암시장에서 쌀을 사서 먹는 것이다. 비판적인 지식인들은 일본이 벌인 전쟁이 길어지자 군인들이 먹을 식량을 조선에서 가져다가 전쟁터에 보내는 바람에 이런 상황이 벌어진 것이라고 주장하고 있다.

원자 폭탄 히로시마에 떨어지다

일본의 히로시마와 나가사키에 원자 폭탄이 떨어졌다. 원자 폭탄은 그 위력이 엄청나서 히로시마의 경우에는 14만 명, 나가사키의 경우에는 7만 명의 사상자가 나온 것으로 알려졌다. 히로시마와 나가사키에 살던 조선인들도 4만 명 이상이 죽은 것으로 보인다. 이들은 대부분 강제로 일본에 끌려가 일을 해야 했던 사람들이어서 이들의 죽음에 많은 사람들이 안타까워하며 슬퍼하고 있다.

역사신문 1900년 ○월 ○일

창씨개명, 강제로 성과 이름을 바꾸다

창씨개명이란 조선 사람들의 성을 일본식으로 바꾸고 이름도 다시 짓도록 하는 것을 말한다. 조선 총독부에서는 창씨개명이 조선인들의 희망에 따라 실시하는 것으로, 강제가 아니라 단지 일본식으로 성씨를 정할 수 있는 길을 열어 놓은 것이라고 주장했다. 하지만 6개월 안에 창씨개명을 하도록 했는데도 3개월 동안 전체 가구의 7.6%만 창씨개명을 하자 총독부는 권력 기구를 동원하여 강제로 성을 바꾸도록 했는데, 그 결과 창씨개명의 비율이 79.3%로 올라갔다.

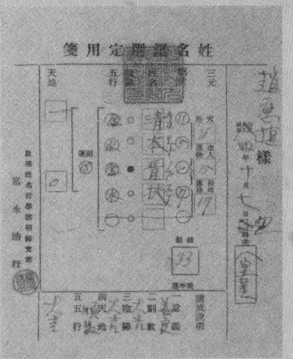

남태평양의 일본군 조선인에게 사람 고기 배급

일본군이 남태평양으로 징용을 간 조선인들을 마구 살해한 뒤 그 고기를 먹고, 그것을 고래 고기로 속여 조선인들에게도 배급했다는 사실이 알려졌다. 생존자의 증언에 따르면 일본군이 숙소로 고래 고기를 갖다 주면서 조선인들에게 먹게 했다고 한다. 그런데 며칠 후 인근 무인도에서 살점이 잘린 채 살해된 조선인의 사체가 발견되자 조선인들은 일본군이 산 사람을 마구 죽인 뒤 사람 고기를 먹고 이를 조선인에게 고래 고기로 속여서 배급했다는 사실을 알게 되었다.

일본 항복하다

소련이 연합군에 가세하고 원자 폭탄이 일본에 떨어지자 궁지에 몰린 일본이 결국 항복했다. 일본 정부는 8월 14일 미국과 영국에 무조건 항복한다고 통보하고, 8월 16일에는 일본군 전체에 전투 중지 명령을 내렸다. 일본의 천황 히로히토는 8월 15일 라디오 방송을 통해 "일본 정부는 미국, 영국, 소련, 중국 등 4개국의 공동 선언(무조건 항복을 요구한 포츠담 선언)을 받아들이겠다고 통보했다."라고 말하며 전쟁이 끝났음을 알렸다.

시대 이야기 1950~1953년 (한국 전쟁)

전시에는 중요치 않은 어린아이들 목숨

전쟁은 아무것도 모르는 어린아이들조차 사정을 봐주지 않는다. 오히려 어리기 때문에 더 많은 피해를 당하고 있다. 1951년 1월 3일 새벽에 둘째 아이를 낳았던 김은숙 씨(당시 21세)는 1·4 후퇴 때문에 산후 조리도 제대로 하지 못한 채 남행 열차의 지붕에 올라타 피란을 가야 했다. 우여곡절 끝에 간신히 부산까지 갔지만 결국 갓난아이는 폐렴으로 사망했다고 한다. 신현호 씨의 증언은 안타까움을 더한다. 부산행 피란 열차가 낙동강 철교를 건너는데 열차 안에서 뭔가를 강으로 휙휙 던져 자세히 보았더니 어린아이들이었다고 한다. 정들기 전에 편안히 가라는 의도였다는데, 안 떨어지려고 바동대는 아이들을 마구 밀어 버렸다고 한다. 이 외에도 어른의 전쟁으로 인해 목숨을 잃거나 위협당하는 일은 이루 다 말할 수 없을 정도지만 어린아이들을 보호하기 위한 조치는 전혀 없는 실정이다.

금성천에서 적군과 아군이 함께 목욕하다

지홍운 옹(당시 29세)은 특이한 상황을 목격했다. 1953년 7월 27일 휴전이 되자 금성천 주변에서 전투를 하던 약 200여 명의 군인들이 목욕을 하기 위해 금성천으로 들어갔다. 그런데 거기에서 국군과 유엔군뿐만 아니라 북한군과 중국군들도 함께 목욕을 했다. 방금 전까지 목숨 걸고 싸웠던 이들이 함께 물장구를 치며 사이좋게 지낸 것이다. 전쟁은 정치 지도자의 이념에 의한 것일 뿐, 평범한 사람들은 얼마든지 친하게 지낼 수 있음을 보여 주는 증거이다.

미국 육군 총참모장 폭탄선언

한국 전쟁 상황에 머지않아 큰 변화가 있을 것이라는 마샬 국방장관의 말은 사람들의 큰 관심과 동요를 일으켰는데, 며칠 뒤 미국 콜린스 육군 총참모장이 큰 변화의 실체에 대해 말했다. 그는 한국 전쟁을 빨리 마무리 짓기 위해 원자 무기를 사용할 것이며, 이는 시간문제라고 말했다. 원자 폭탄이 사용되면 전쟁의 상황이 크게 변할 것이나 그로 인한 후유증도 상당할 것으로 생각된다.

역사신문 1900년 0월 0일

이동 야전 병원을 가다

한 사람이라도 더 살리기 위한 노력은 전쟁터에서도 계속되고 있다. 이동 야전 병원을 두고 하는 말이다. 전투 지역에서 아주 가까운 후방에 설치되어 부상병이 곧바로 후송될 수 있도록 하고 있다. 신속함이 생명인 만큼 이동 야전 병원은 헬리콥터까지 갖추고 있다. 그러나 입원 30분 만에 수술 여부를 결정해야 하고, 수술도 의사가 아닌 보조원이 시행해야 할 정도로 상황은 열악하다. 이들이 3일 동안 하는 수술은 일반 병원에서 1년 동안 하는 수술보다 많기 때문에 여러 가지 검사 후 수술을 결정할 수도 없고, 의사가 모든 수술을 다 할 수도 없는 실정이다. 부상병을 어떻게든 살려 내는 것이 목적이다 보니 생명을 구할 수만 있다면 팔과 다리를 잘라 내는 경우도 흔하다.

미군 노근리에서 수많은 한국 민간인 학살

1950년 7월 25일 북한군과 교전 후 후퇴하던 미군은 주변 마을 주민들의 피란을 보호해 준다며 함께 남쪽으로 내려갔다. 그러나 속도가 매우 느렸다. 다음 날 아침 노근리 근처 철로에 도착했을 때, 미군의 폭격기가 날아오더니 피란민을 향해 20여 분간 폭격하여 많은 사람이 죽었고, 겨우 살아남은 사람들도 철로 밑에 있던 쌍굴다리 밑에 억류되었다. 그리고 굴다리 억류 사흘째 되던 날, 미군들은 굴다리 바로 앞에서 총을 난사하여 많은 사람을 죽였다. 한편 미군은 이런 사실이 있었다는 것을 부정하고 있다.

엮어 읽기

역사, 장애, 그리고 길

_____ 역사와 개인

영화 〈포레스트 검프〉(1994)를 보면 이런 대사가 나와요. "인생은 초콜릿 상자와도 같아서 어떤 초콜릿을 먹게 될지 모른다."

　이 말처럼 우리는 우리의 삶이 앞으로 어떻게 펼쳐질지 예측을 할 수가 없어요. 또 그 과정 속에서 누구를 만나게 될지도 모르고요. 더군다나 역사가 소용돌이쳐 그곳에 휘말리게 되면 우리의 삶도 큰 변화를 겪게 돼요. 역사의 거대한 물결 앞에서 개인은 너무도 나약하기 때문이에요.

　박완서의 소설 《그 여자네 집》에 나오는 만득이와 곱단이가 대표적인 예라고 할 수 있어요. 같은 마을에서 자란 만득이와 곱단이는 주위의 관심 속에서 애틋한 사랑을 키워 나가요. 하지만 당시 일제의 강제 징용과 정신대 징발을 피하기 위해 두 사람은 어쩔 수 없이 헤어지게 되지요. 해방 후 만날 줄 알았던 두 사람은 남과 북으로 갈라진 조국에서 여전히 이별한 채로 지낼 수밖에 없게 된답니다.

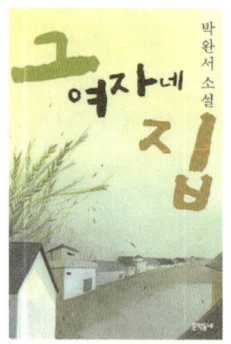

문영숙의 소설 《에네껜 아이들》은 멕시코 이민의 역사를 다루고 있어요. 일제 강점기 당시 영국인과 일본인 중개업자가 짜고 우리나라 사람들을 속여서 멕시코로 가게 했지요. 사람들은 많은 돈을 벌 수 있을 거라는 기대를 가지고 멕시코에 갔어요. 하지만 그곳에서 그들을 기다리는 건 혹독한 노동과 처참한 생활이었어요.

나라를 잃어버린 아픔에 더해 외국에서 노예처럼 살았던 조선인들의 모습을 보면, 불우한 역사가 개인에게 어떤 영향을 끼치는지를 잘 알 수 있답니다.

하지만 역사 속의 개인이라고 해서 모두가 나약한 건 아니에요. 역사의 커다란 물줄기에 마냥 휩쓸리지 않고, 역사의 물줄기를 바꾸는 사람들이 있으니까요. 만화 《태일이》에서 태일이가 그런 인물이에요. 태일이는 가정 형편이 어려워 어린 나이에 노동 현장에 뛰어들어요. 그가 살던 당시는 '한강의 기적'이라 불릴 정도로 나라 경제가 급속하게 발전할 때였어요. 하지만 경제 성장과 달리 노동자의 삶은 점점 더 열악해져 갔어요. 태일이는 그런 사회에 죽음으로써 저항을 했고, 그의 죽음은 이후 노동자의 삶을 향상시키는 데 큰 몫을 했답니다.

장애를 바라보는 관점

사람들은 누구나 크든 작든 문제를 가지고 있어요. 그리고 우리의 삶은 주어진 문제를 극복하느냐 극복하지 못하느냐에 따라 달라져요.

나폴레옹은 자신의 작은 키에 대해 이렇게 생각했어요.

'나의 키는 땅으로부터 재면 작지만 하늘로부터 재면 누구보다도 크다.'

나폴레옹은 큰 노력 없이 생각만 다르게 하는 것으로 자신의 문제를 극복하죠. 다음에 소개할 책들은 '장애와 그것을 바라보는 관점'에 관한 것들이에요.

테리 트루먼이 쓴 《아빠, 나를 죽이지 마세요》는 뇌성 마비 장애인의 삶을 다루고 있어요. 이 소설은 비장애인의 시각이 아닌 장애인의 시각에서 세상을 바라본다는 점에서 특별한 의미가 있어요. 사람들 눈에는 주인공인 '숀'이 아이큐가 아주 낮고, 정신 연령이 3~4개월 밖에 안 되는 저능아로 보여요. 하지만 실제 숀의 내면에는 사랑받고 싶어 하는 열네 살 소년의 모습이 숨어 있어요.

이 소설은 우리에게 보이는 부분만이 아니라 보이지 않는 부분까지도 바라보게 해요.

카일 메이나드가 쓴《변명은 없다》는 키가 120센티미터밖에 되지 않지만 레슬링 챔피언이 된 자신의 삶을 다룬 자서전이에요. 키가 120센티미터밖에 안 되는 건 그가 선천성 사지 절단 장애인이기 때문이에요. 그는 태어날 때부터 양쪽 팔다리가 제대로 붙어 있지 않았지요. 하지만 자신의 모습에 절망하지 않았어요. 단지 생활하기가 조금 불편할 뿐이라고 생각했죠. 그는 비장애인 레슬링 선수들과 시합해서 챔피언이 되었으며, 세계 기네스 기록을 가지고 있고, 잡지의 표지 모델로도 활동하고 있어요.

카일 메이나드와 비슷한 장애를 극복한 사람으로는 오스트레일리아 사람인 닉 부이치치가 있어요. 그가 쓴《닉 부이치치의 허그》도 큰 감동을 줄 거예요.

길을 떠남과 돌아옴

여행을 떠난다는 것은 돌아옴을 전제로 한다고 해요. 곧 여행은 일상을 떠나서 다시 일상으로 돌아오는 과정이에요. 하지만 떠나기 전의 모습과 돌아온 후의 모습은 다를 거예요. 여행을 떠난 길 위에서 많은 것을 보고 듣고 깨닫기 때문이죠.

〈수난 이대〉에서 만도와 진수가 기차역을 떠나 집으로 돌아가는 것도 '여행의 모티프'를 활용하고 있다고 할 수 있어요. 서로의 묵은 감정들이 주막을 지나고 외나무다리를 건너면서 차츰 해소가 되는 과정을 보여 주고 있으니까요.

생텍쥐페리의 소설 《어린 왕자》도 여행의 모티프를 활용하고 있어요. 'B612'라는 아주 작은 별에 사는 어린 왕자는 장미꽃과 다투고 나서 자기 별을 떠나 여러 별을 여행해요. 그 여러 별 가운데 마지막으로 들른 곳이 지구였어요. 어린 왕자는 사막에서 여우를 만나 사랑의 의미를 깨닫게 돼요. 그러고는 장미꽃을 사랑하는 법에 서툴렀던 자기를 반성하고 자신의 별로 돌아가지요.

파울로 코엘료의 소설 《연금술사》는 양치기인 산티아고가 보물을 찾는 여정을 그리고 있어요. 산티아고는 피라미드로 가게 되면 자신

의 보물을 찾게 되리라는 꿈을 좇아 여행을 떠나요. 그러나 여행을 하는 도중에 많은 사람을 만나고, 여러 가지 일을 겪으면서 산티아고는 보물보다도 훨씬 더 값진 삶의 의미를 배우게 된답니다.

중국 속담 가운데 "작은 의사는 병을 고치고, 평범한 의사는 사람을 고치고, 큰 의사는 나라를 고친다."라는 말이 있어요. 체 게바라는 작은 의사를 꿈꾸다가 큰 의사가 된 사람이에요. 그가 어떻게 해서 바뀌게 되었는지는 남미 대륙을 여행하면서 쓴 《체 게바라의 모터사이클 다이어리》를 보면 알 수 있어요.

체 게바라는 아르헨티나의 젊은 의학도였어요. 어느 날 친구와 함께 오토바이를 타고 남미 여행을 떠나요. 남미 여행에서 가난하고 굶주린 사람들을 보고 난 다음 그는 점점 혁명가로 변신해 가지요. 프랑스 철학자인 장 폴 사르트르는 체 게바라를 일컬어 "우리 세기의 가장 성숙한 인간"이라고 평가했답니다.

넓게 읽기 123

다시 읽기
만도의 집은 어디일까요?

오른쪽 그림에서 어떤 도형이 보이나요? 맞아요, 바로 삼각형이에요. 실제로 삼각형이 그려져 있지는 않지만, 집게 발 세 개가 어우러져 바깥의 흰 색깔보다 더욱 하얀 삼각형이 보이지요.

만도의 집을 찾으려고 하는데 왜 삼각형 얘기를 하냐고요? 왜냐하면 이 그림에서 삼각형이 실제로 존재하지 않는 것처럼 만도의 집도 존재하지 않기 때문이에요. 엥? 만도의 집을 찾자고 하고선 갑자기 '없다'라는 뚱딴지같은 말을 던지냐고요?

여러분들도 알고 있듯이 소설은 허구의 문학이에요. 소설 속 인물도, 배경도, 사건도 모두 허구(거짓)지요. 그렇다고 소설을 '거짓'이라고 말할 수는 없어요. 왜냐하면 소설은 '현실에 있을 법한' 이야기를 꾸며 낸 문학이니까요.

다시 위 삼각형을 보세요. 삼각형이 그려져 있지는 않지만 뚜렷이 존재합니다. 더욱 하얗게. 소설도 실재하지 않는 현실을 다루지만 때론 소설 속 현실이 더 현실적일 때도 있어요. 이를 문학 용어로는 '개연성'이라고 해요.

만도의 집도 그래요. 만도의 집은 존재하지 않지만 작가는 만도의 집이 실재하게끔 그렸어요. 자, 그럼 작품 속 단서들을 근거로 만도의 집이 있을 만한 곳으로 떠나 볼까요?

첫 번째 단서—말에는 지도가 있다

여러분들은 다른 곳에서 전학 온 친구를 만난 경험이 있을 거예요. 전학 온 친구가 하는 특이한 말을 들으면 재밌기도 하고, '왜 저렇게 말을 할까?' 하는 호기심이 들기도 할 거예요. 우리나라 말은 지역마다 독특한 특징이 있어서 여러분이 쓰는 말과 여러분 또래의 다른 지역 친구들이 쓰는 말이 달라요.
　만도와 진수가 대화하는 장면을 볼까요?

"니 우야다가 그래 됐노?"
"전쟁하다가 이래 안 됐심니꼬. 수류탄 쪼가리에 맞았심더."

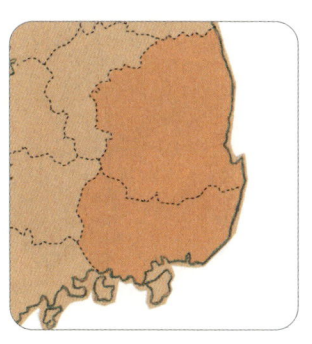

　만도와 진수가 사는 지역의 사투리를 사용하지 않는 학생들에게 위 대화는 무척이나 어색할 거예요.
　만도와 진수가 쓰는 말의 특징은 경상도 사투리에서 찾아볼 수 있어요. 따라서 만도와 진수의 집은 경상도 어딘가로 좁힐 수 있겠네요.

두 번째 단서—마을이 너무 조용하다

〈수단 이대〉의 시대적 배경은 한국 전쟁 당시예요. 그런데 만도가 사는 곳이 너무 평온하게 느껴지지 않나요?

　윤흥길의 〈기억 속의 들꽃〉도 〈수난 이대〉처럼 한국 전쟁 당시의 어느 시골 마을에서 일어난 이야기를 다루고 있어요. 하지만 〈기억 속의 들꽃〉에 나오는 마을 모습은 〈수난 이대〉와 달라요.

어느 마을이나 다 사정이 비슷했지만 특히 우리 마을로 유난히 피란민들이 많이 몰리는 것은 만경강 다리 때문이었다. 북쪽에서 다리를 건너 남쪽으로 내려오다 보면 자연 우리 마을을 통과하도록 되어 있었다. 우리가 알기로는 세상에서 제일 긴 그 다리가 폭격에 의해 아깝게 끊어진 뒤에도 피란민들은 거룻배를 이용하여 계속 내려왔다. 인민군한테 앞지름을 당할 때까지 피란민들의 발길은 그치지 않고 있었다.
— 윤흥길, 〈기억 속의 들꽃〉

〈기억 속의 들꽃〉에 나오는 마을에서는 전쟁의 참혹함을 그대로 느낄 수가 있어요. 이 소설을 읽는 독자들은 그들의 머릿속에 인민군을 피해 끊임없이 내려오는 피란민, 폭격에 의해 파괴된 다리 등의 모습을 생생하게 그릴 수 있죠. 하지만 〈수난 이대〉에서 이런 모습은 볼 수 없어요. 단지 가을로 짙어 가는 평온한 어느 시골 마을을 그릴 수 있을 뿐이죠. 〈수난 이대〉에서 시대적 배경을 알 수 있는 것은 단지 외부 세계로 잠시 나갔다 온 한쪽 팔이 없는 만도와 한쪽 다리가 없는 진수뿐입니다.

그러면 왜, 같은 시대를 배경으로 하고 있는 두 소설 속 공간이 이렇게 큰 차이를 보이는 걸까요? 이는 한국 전쟁 당시 상황과 맞물려 있어요. 〈기억 속의 들꽃〉은 전라도를 배경으로 하고 있고, 〈수난 이대〉는 앞에서 밝혔듯이 경상도를 배경으로 하고 있기 때문이에요. 한
국 전쟁 당시 전라도는 북한군에게 넘어갔지만, 경상도(낙동강 이남)는 아니었어요. 따라서 만도가 사는 곳은 전쟁의 상흔이 남아 있지 않은 낙동강 이남으로 좁혀 볼 수 있어요.

세 번째 단서—기차는 언제나 그곳을 지난다

또 하나의 단서는 기차 정거장이에요. 만약 만도가 진수를 마중하러 버스 정류장에 갔다면, 만도의 집을 찾기 위한 우리의 노력은 물거품으로 돌아갈 확률이 컸을 거예요. 하지만 다행히도 만도는 진수를 만나러 기차 정거장에 가요. 이게 왜 중요하냐고요? 기차는 언제나 정해진 선로 위를 달리기 때문이죠. 그리고 낙동강 이남에 있는 선로는 몇 개 되지 않아요.

낙동강 이남에는 두 개의 선로가 있어요. 대구에서 삼랑진을 거쳐 부산으로 이어진 선로와 대구에서 영천과 경주를 지나 부산으로 이어진 선로지요.

〈수난 이대〉의 작가가 쓴 산문집에 이런 내용이 있어요.

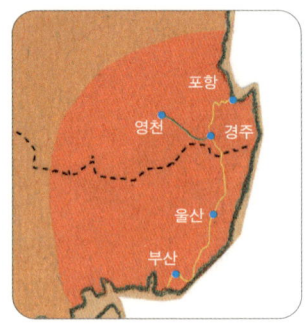

〈수난 이대〉는 1957년에 한국일보의 신춘문예에 당선된 작품으로, 나의 처녀작인 셈이다. 이 작품의 착상이 머리에 떠오른 것은 1956년 가을 어느 날 동해남부선의 삼등열차 속에서였다. 그 무렵 부산에서 대학에 다니고 있던 터이라, 나는 부산과 고향인 영천 사이를 기차로 자주 왕래했었다.

이 내용을 보면, 만도의 집은 부산에서 동해를 따라 영천으로 이어진 어느 정거장이 위치한 곳으로 볼 수 있어요.

네 번째 단서—하늘 아래 새로운 것은 없다.

이제 우리가 처음 봤던 '삼각형'으로 돌아가서 이런 질문을 던져 볼게요. '만약 삼각형을 한 번도 보지 않은 사람이 삼각형을 그릴 수 있을까?'

할 수 없겠죠. 왜냐하면 그 사람의 머릿속에는 삼각형이 없기 때문이에요. 마찬가지로 〈수난 이대〉의 작가가 그린 '만도가 사는 곳'

도 작가의 경험을 바탕으로 재구성되었을 거예요. 그래서 소설을 경험의 산물이라고 하죠.

〈수난 이대〉의 작가는 이를 뚜렷이 밝히고 있어요. 즉, 기차 안에서 본 상이군인, 누군가로부터 들은 유럽 여행담(하나밖에 없던 아들은 제2차 세계 대전에서 죽고, 자신은 제1차 세계 대전 때 다리를 잃어버린 신기료장수 이야기), 고향 냇물에서 자주 볼 수 있었던 외나무다리 등을 바탕으로 〈수난 이대〉의 모티프를 얻었다고 말이죠.

따라서 '만도가 사는 곳'도 '작가와 관련 깊은 곳'으로 좁힐 수 있어요. 이를테면 작가가 태어난 곳이나 현재 살고 있는 곳 등일 가능성이 높다는 말이죠.

자, 그럼 종합해 볼게요.

만도와 진수가 쓰는 사투리는 경상도 사투리예요. 그리고 '만도가 사는 곳'이 전쟁 중에도 평온한 것으로 봐서 낙동강 이남일 겁니다. 만도는 진수를 만나기 위해 기차 정거장으로 가죠. 마지막으로 소설은 경험의 산물이에요. 그래서 '만도가 사는 곳'은 작가와 아주 관련이 깊은 곳일 거예요.

이 모든 것을 만족시켜 줄 수 있는 곳은 어디일까요? 작가는 어디를 바탕으로 작품 속의 공간을 재구성했을까요?

독자 이야기

엮어 쓰는 독후감

〈수난 이대〉와 〈에네껜 아이들〉

경희고 임원창

사회는 수많은 개인들이 모여서 만든다. 그 사회가 모여서 하나의 시대가 되고 시대가 곧 역사가 된다. 그런데 사회와 역사는 자신들을 만들어 준 개인에게 너무나도 냉정하다. 이것을 여지없이 보여 준 작품이 바로 〈수난 이대〉이다.

〈수난 이대〉에는 만도와 진수라는 두 인물이 나온다. 진수의 아버지인 만도는 일제 강점기 때 강제 징용으로 끌려갔다가 한쪽 팔을 잃고 돌아온다. 그리고 그의 아들 진수는 한국 전쟁 때 전쟁터에 나갔다가 한쪽 다리를 잃은 모습으로 만도 앞에 서고, 그런 진수의 모습에 아버지인 만도는 벌컥 화를 내고야 만다.

이 작품의 주인공들은 결코 그들의 잘못 때문에 고통을 겪게 된 것이 아니다. 그들은 모두 사회와 역사에 의한 희생자일 뿐이다. 일제 강점기와 한국 전쟁이라는 역사가 만도와 진수, 나아가 당시 사람들 모두를 희생자이자 부상병으로 만들어 버린 것이다. 하지만 사회는 그들에게 어떠한 보상도 해 주지 않는다. 단지 스스로를 원망하고 걱정하는 개인들만 남았을 뿐이다.

이 소설을 읽고 내용이 비슷한 소설이 한 편 떠올랐다. 〈에네껜 아이들〉이라는 작품인데, 이 작품은 일제 강점기에 무지한 백성들이 일제에게 속아 외국에 팔려 가는 이야기를 담고 있다. 이들은 낯선 땅으로 끌려가 탄압과 고통, 죽음 등을 겪으며 힘들어 하지만 나라에서 어떤 도움도 받지 못한다. 그들 역시 사회가 만든 피해자임에도 불구하고 나라의 도움 없이 스스로를 지키며 살아갈 수밖에 없었던 것이다.

두 소설을 읽으면서 마음이 많이 아팠다. 아무 잘못도 없는 사람들이 고통을 겪는 것도 그랬고, 그들이 입은 상처가 너무 크다는 것도 슬펐다. 힘없는 개인이 감당하기에는 너무나 큰 상처들이기 때문이었다.

이제는 사회가 그들의 상처를 감싸 줄 필요가 있을 것 같다. 그들의 희생이 있었기에 현재 우리의 삶이 있고 나라가 있을 수 있었다. 하지만 우리는 그들의 희생을 잊고 있지 않았는가. 이제라도 그들의 상처를 돌보고 마음 아파하며 그들의 고통을 기억해야 한다. 약간의 관심과 진실한 마음이 담긴 위로, 그리고 무엇보다도 그들을 기억하려고 애쓰는 것. 이런 작은 노력들이 역사에 희생당한 개인들의 상처를 조금이나마 아물게 할 수 있지 않을까.

〈수난 이대〉와 〈인생은 아름다워〉

경희고 최성태

〈수난 이대〉는 중학교 때 한 번 읽었던 소설이다. 당시에는 그저 그런 소설 가운데 하나일 뿐 특별한 감흥은 없었다. 하지만 얼마 전 다시 읽은 〈수난 이대〉는 나에게 조금 다르게 다가왔다. 소설을 읽으면서 〈인생은 아름다워〉라는 영화가 떠올랐기 때문이다.

〈수난 이대〉에는 역사 속에서 고통 받는 두 명의 인물이 나온다. 바로 만도와 진수이다. 일제 강점기와 한국 전쟁으로 인해 고통을 겪었음에도 불구하고 그들은 서로 도와 가며 외나무다리를 건너는 모습을 통해 삶의 희망과 의지를 보여 준다.

영화 〈인생은 아름다워〉에는 제2차 세계 대전의 한복판에서 고통을 겪는 가족 이야기가 나온다. 주인공인 귀도는 아내 도라, 그리고 어린 아들 조슈아와 함께 행복하게 살아간다. 그러다가 전쟁이 일어난 후 유대인이라는 이유로 아들과 함께 수용소에 감금된다. 귀도는 조슈아가 수용소의 잔인한 상황을 알아채지 못하도록 그들이 지금 게임을 하고 있다는 거짓말을 한다. 전쟁이 끝나 갈 무렵 귀도는 결국 처형을 당하게 된다. 귀도는 죽음의 길로 가는 순간에도 숨어 있는 아들을 안심시키기 위해 일부러 우스꽝스러운 몸짓으로 힘차게 처형장으로 걸어간다. 귀도는 죽지만 영화의 결말 부분에서 조슈아는 어머니 도라와 다시 만나게 된다.

이 영화를 보면서 '그런 인생이 어떻게 아름다울 수 있을까?'라는 의문이 들었다. 어떻게 보면 영화의 상황과는 반대인 제목을 붙여 반어적 효과를 얻으려고 한 것인지도 모른다. 하지만 그보다는 고통스러운 삶이라 할지라도 아들을 위해 희생한 귀도처럼 자신의 인생에 의미를 부여할 수 있다면 그것 자체로 인생은 아름다운 것이 아닌가 하는 생각이 더 컸다.

대부분의 사람들은 만도나 진수, 혹은 귀도처럼 자신의 잘못이 아닌 일로 고통을 겪는다면 삶을 비관할 것이다. 하지만 두 작품의 주인공들은 가족에 대한 사랑을 통해 어려움을 극복해 낸다. 이처럼 시대가 개인에게 준 고통에도 굴하지 않고 끈질기게 살아가는 인간의 모습은 참 아름다워 보인다.

참고 문헌

김홍식·김성희, 《1면으로 보는 근현대사》, 서해문집, 2009.
최용호, 《6·25 전쟁의 이해》, 양서각, 2008.
박현희 외, 《거꾸로 읽는 한국사》, 푸른나무, 2002.
김원일 외, 《나를 울린 한국전쟁 100장면》, 눈빛, 2006.
하근찬, 《내 안에 내가 있다》, 엔터, 1997.
일제강점하강제동원피해진상규명위원회 조사1과, 《당꼬라고요?》(강제동원 구술 기록집 1), 2005.
하근찬, 《수난 이대》, 일신서적, 2006.
톰 히크먼, 《술》, 뿌리와이파리, 2005.
임정의, 《우리가 본 한국전쟁》, 눈빛, 2008.
이이화, 《한국사 이야기 22 - 빼앗긴 들에 부는 근대화 바람》, 한길사, 2004.
소진철, 《한국전쟁 어떻게 일어났나》, 한국학술정보, 2008.
박성서, 《한국전쟁과 대중가요, 기록과 증언》, 책이있는풍경, 2010.

선생님과 함께 읽는 수난 이대

1판 1쇄 발행일 2011년 1월 18일
개정판 1쇄 발행일 2012년 7월 30일
개정판 16쇄 발행일 2025년 9월 15일

지은이 전국국어교사모임

발행인 김학원
발행처 (주)휴머니스트출판그룹
출판등록 제313-2007-000007호(2007년 1월 5일)
주소 (03991) 서울시 마포구 동교로23길 76(연남동)
전화 02-335-4422 **팩스** 02-334-3427
저자·독자 서비스 humanist@humanistbooks.com
홈페이지 www.humanistbooks.com
유튜브 youtube.com/user/humanistma
인스타그램 @humanist_insta

편집책임 문성환 **편집** 윤무재 **디자인** 김태형 반짝반짝 **일러스트** 최민지
용지 화인페이퍼 **인쇄** 청아디앤피 **제본** 민성사

ⓒ 전국국어교사모임, 2012

ISBN 979-11-5862-513-1 44810

- 이 책은 저작권법에 따라 보호받는 저작물이므로 무단 전재와 무단 복제를 금합니다.
- 이 책의 전부 또는 일부를 이용하려면 반드시 저자와 (주)휴머니스트출판그룹의 동의를 받아야 합니다.